野蛮なアリスさん

야만적인 앨리스씨 황정은

ファン・ジョンウン

斎藤真理子訳

河出書房新社

もくじ

野蛮なアリスさん

内

私の名前はアリシア。女装ホームレスとして、四つ角に立っている。

君は、どこまで来たかな。君を探して首をかしげているよ。扇形に広がった街の端から端までゆっくり、なめるように見ていく。焼肉屋、カフェ、各種代理店と駅とデパートがある。交差点のまん中では、ここに何かが埋まっていると知らせるように、横断歩道が十字架の形を作っている。信号が変わると四方から四方へみんなが道を渡る。アリシアがその人たちの中で待っている。アリシアの服装は完璧だ。ジャケットとミニスカートがセットになった紺のスーツを着て、鳩の羽根のような色で鳩の胸のように手触りのいい、愛らしいストッキングをはいている。君はアリシアが歩くとき、きちきちのスーツの中で、たくましい骨格が奇妙にひきつり、上下するのを見るはずだ。君はアリシアが足を引きずって歩くのを見、それから不意にアリシアの匂いをかぐはずだ。タバコに火をつけるとき、小銭を探してポケットをひっくり返すとき、息を吸いこむとき、落ちている手袋を拾うとき、傘をひらくとき、冗談を言って笑うとき、ラテを飲むとき、宝くじの番号を照合するとき、バス停で何気なく振り向くとき、アリシアの体臭をかぐはずだ。君は顔をしかめる。不快な気分になる。アリシアにはそんなふうに不快がる君がかわいい。アリシアが君の無防備な粘膜に貼りつくよ。オナモミみたいな鉤になった小さな棘で、君にしっかり、とりつく。アリシアはそれをやるために存在している。他の理由はない。みにくく、きたなく、気持ち悪く、追い払おうとするとなおさら喜び、嬉々として、奇々として、鬼気として、くっつく。だれもアリシアがそれをやるのを止められない。これからもアリシアはそうしていく。この体臭、この服装によってアリシアであり続け、だれにも邪魔させない。だれの指紋とも混ざらないアリシアだけの指紋を培養し続ける。君がアリシアのせいで不快になってもうんざりしても、アリシアはそうしていく。君の興味と安全と平穏にアリシアは関心を持たず、ずっと、そうしていく。

君はコモリを憶えているか。

アリシアはコモリで生まれて育った。コモリという地名の由来は、君も知っているように、墓（「古墓」をハングル読みにすると「コミョ」となり、それが時の流れとともに「コモ」→「コモ里《リ》」に変化したという想定）だ。昔々、村人たちが一晩寝て目を覚ましてみたら、村の入り口に、理由もなく墓が三つできていた。由来もなく墓標もなく、さっき掘って作ったばかりのような、ばさばさに乾いた土まんじゅうだ。

理由がないどころじゃない、じつは――ということで伝わっている話がある。

昔々、飢えた村人たちが赤ん坊三人を食った。赤ん坊をゆでて、胸、尻、脚を切り分けて食ったのだ。おなかいっぱいになって餓死をまぬがれた村人たちは、墓のことなど知らないふりをした。悲惨な骨を隠した土まんじゅうは放ったらかされ、雑草の中に消えていった。恨みを抱いて死んだ骨がそのまま残っているかもしれないという話を聞いて、アリシアは墓を探しにいったことがある。墓のあとを探して走り回った。点々とちらばった家々を過ぎ、村の中心部を過ぎ、下水処理場につながる二本の太いパイプに沿って走り、下水処理場の工事場にさしかかった。そのころには墓のことも骨のこともう、頭になかった。胸に火がついたようになり、止まったら肺が破裂するような気がして走りに走った。やあーッ、と低めの砂山を全速力でかけ上がったが、反対側の斜面が思ったより深かった。てっぺんから足を踏み出すとすぐにころび、ごろごろところがり落ちて砂の中にいきおいよくつっこんだ。重くて、冷たくて、目を開けてみたらもう夜だ。口の中に入った砂を吐き出して四方の急な斜面を見上げてみると、どっちにむかっても四メートル以上はありそうだ。二本足で、また四本足で這い上がったが、這っても這っても崩れてくる砂といっしょにすべり落ちるばかりで、最後は力が尽きて穴の底に寝てしまった。砂が流れる音を聞きながら、穴の中から赤紫色の空を見上げた。穴の中より夜空の方が明るい。おーい、と声を上げると砂が返事をするようにさらさらと流れ落ちた。

君は、どこまで来たかな。

夜になるとアリシアはコモリに帰ってくる。この街のすみっこで、小便くさい下水に足をつけたまま、目を開けて夢を見る。こうやってコモリを目撃し続ける。コモリまでは遠くない。君が住むところからも遠くないはずだ。西南方向へ向かうバスに乗ればかんたんに行ける。バスに身をまかせてしばらくのあいだぼんやりしていると、とつぜん市内と市外の境界をなす空き地が現れるはずだ。はずれとはいえ、市内にまだこんな平地が残っているのを見て君は驚くはずだ。この空き地を越えたところ、市の西側の果てにコモリがある。君がコモリを訪ねていくのが秋なら、数平方キロもある平野で稲が実っているところを見るはずだ。風に揺れる秋の稲田はやさしい黄金色をしているはずだ。アリシアは今日、行き交う人でごった返す街の片すみで、平野をいっぱいに満たしたあの稲穂を見ている。乾いた穂と穂が触れ合う音を聞いている。何が懐かしいわけでもなくて、ただそれを見、それを聞いている。

言ってやろうか。

コモリにはもう、そんな光景はない。

空き地も野原も、稲も消えた。この一角で、ここから広がっていたものたちの下に埋もれてしまった。

もう一つ言ってやろうか。

もしも君が今、コモリへ向かっているところだとしても、境界を越えるときに越えたと気づくことはない。広い道路沿いにマンション、マンション、マンションが続き、このブロックとあのブロックのあいだにはたいした違いがなく、いきなり市を抜け出すとき、君がそれを知ることはない。

あの空き地も、それと地続きだったコモリの野原も、そしてコモリの家々も今は巨大な団地になっている。宅地より田んぼの面積のほうが広くて、一軒おきに空き家だったコモリはもう存在しない。方々の畦道、黄色い土ぼこりが舞う道、苔むした路地にゆるやかにつらなっていた家々はすべてとりこわされ、そこには今高層マンションがそびえ立っている。寂しいとか切ないとかいう話じゃないんだ。アリシアはときどき市との境界まで歩いていって、遠くからその明かりを見る。鋭くそそり立った建物の輪郭を、飽きもしないで眺める。昼よりも夜に見るほうがずっといい。明かりの上に明かりがあり、明かりの下に明かりがある。この墓標はかっこいい。

君は、どこまで来たかな。

アリシアはこうして立ったまま夢を見る。今でもコモリに残り、くり返しコモリを生きる自分を夢で見つづける。それは百パーセント、アリシアの後ろ頭で作り出されたものだ。少年アリシアの後頭部はここにある。その頭は丸く、汗と脂で毛束が固まったような髪の毛はほこりがくっついて白っぽい。細い黄ばんだ首すじに汗が吹き出し、髪の毛の影が濃く映っている。このやっかいな首はほとんどいつも、刺すような日差しにさらされている。

＊

犬。

そして犬がいる。犬はケージの中にいる。いつまでも犬はそこにいる。犬は、犬で、名前はない。一日じゅうケージの中で動いている。黒い足はいつも排泄物で濡れている。吠えることもない。アリシアの年とった父は、春に雄犬を借りてきてケージに放す。犬が妊娠して子どもが生まれると、適当な大きさに育つまで残飯を与えて育て、夏か秋には念入りに火であぶって近所の人と分けて食べる。アリシアがケージをのぞきこむ。犬が頭を垂れてケージの中を行き来する。

今年は子犬を食べずにとっておいたので、ケージの中にいるのは四匹だ。子犬たちは眠っている。

犬や。

犬や。

犬がつま先でケージをひっかく。ひっかいてもしょうがない隅っこを猛烈にひっかき、後ずさりしてはまた同じ場所を猛烈にひっかく。子どもが殺されるときの匂いや気配を何年も感じつづけて、頭が変になったのかもしれない。八個もある乳房をぶらぶらさせて、ケージの中を歩き回る。頭も大きく体も大きく耳も大きくて足も太い。発育不振の男の子ぐらいならすぐに引きずり倒せるぐらいの力は持っている。それなのに犬は人間の顔色を見る。尻に尾をぴったりつけて子犬たちの前を行ったり来たりし、小便する。

アリシアは犬の尿が床の格子の下に流れ落ち、土の表面であぶくになり、しみこんでいくのを見守る。急死か病死かしないかぎり、ケージの中の犬は一定期間で入れ替わる。子どもを産んだ犬は売られ、生まれた子犬の中でいちばん骨格のしっかりした雌犬があとを継ぐ。アリシアはこれらの犬の前にケージにいた、三匹の犬たちを憶えている。最初は短毛種の白い犬だった。二番めと三番めはぶちだった。その犬は背中と首にも濃い茶色の模様があった。伏せて寝ている三匹の子犬のうち、二匹もぶちだ。アリシアがケージを開けて餌が入った器を入れる。ケージが開いても犬は逃げない。子犬がいないときもそうだから、子犬のためでないことは確かだ。逃げられると思っていないのかもしれない。逃げても行く先がないことを知っているのかもしれない。犬は飯を食いながらも警戒して顔を上げる。額にしわを寄せ、泣きっつらをしている。泣きっつらがつやつやと光り、丈夫な足にもくびれた脇腹にも大きな舌みたいに垂れた二つの黒い耳にも脂がのっている。怯えてうろつくこのけものの体が妙に生々しいので、アリシアは恥ずかしくなる。毛でおおわれているけれど、人間の裸みたいだ。何もかも脱がされた存在を見ているような気がする。早く死んでしまえばいいのに。一瞬そう思いながらケージの出入り口を閉めて鍵をかける。犬をじっと見おろし、顔をしかめて歯をむいてみせ、ケージの前を離れる。

ケージの隣にアリシアの家がある。

そこはコモリのどんづまりにある。西南の道路から南側に分かれ出た細い道が、コモリを貫通してここで終わる。はじめてコモリに来た人が、道沿いにぼんやりと運転してきたすえにあわてるのがまさにここだ。異次元の世界に入りこんでしまったみたいにとつぜん道路がとぎれ、田んぼになるからだ。いちょうの木が一本、田んぼの方に傾いて生えている。この木はコモリのいちょうの中でいちばん背が高い。春になるとすぐに葉をいっぱい茂らせ、秋には目立ってあざやかな黄色になる。このいちょうがこんなにみごとなのは、根元に犬たちが埋まっているためだろう。最初の犬と二番めの犬と三番めの犬と、その犬たちが産んだ犬たちの内臓、骨、皮が全部ここに埋まっている。いちょうの木のむこうで育っている稲はだれが食べることになるのか。夏の終わりの台風で倒れた稲が、倒れたままで腐っていく。

アリシアの年とった父がその稲に向かって座っている。

ちっぽけな上半身が釣り用の椅子に埋もれ、縮れ毛におおわれた頭のてっぺんが背当ての上にちょっとだけ出ている。ほこりまみれのニッカボッカをはいた人夫たちがバケツを持って、彼のうしろを通っていく。彼らはセメントの山にじゃりと水を混ぜる作業をしている。もともとあった平屋の家を取り壊したあとへ、新しい家を建てているところなのだ（家を改築し、他の場所に住む長男と長女も同居しているように偽装して、再開発に際してより大きな利益を得ようとしている）。家が完成するまでのあいだ、アリシアの家族は臨時の住まいで暮らす。コンテナ三つが工事現場の隅にある。アリシアの母親がコンテナの扉を開けて座っている。台所と居間と寝室に分けて置いてあったものがごちゃ混ぜになったコンテナの中で、片脚を外に突き出したまま、切ったりんごを食べている。アリシアの弟が彼女のそばにいる。ちっちゃな子どもの幽霊みたいに、顔が青白い。

今日、彼にはノートが一冊要る。

なくなっちゃった、と彼が言う。

アリシアの弟は学校でしゃべらない。大人たちの前でもあまり口をきかない。計算問題の答えを出すのがのろいし、間違いも多いので、大人たちにも同級生にもバカと思われている。彼はうしろの方の席に座っている。彼の隣には、おばあさんと二人暮らしの子が座っている。バカの隣に座らせてもいいのは同じくらいのバカだけだ。その子はアリシアの弟より算数の答えが遅く、よく間違える。バカには、バカ。二人はクラスの他の子たちの気分によってからかわれたり、同情されたり、仲間外れにされたりする役目を担っている。うちのクラスのバカ代表。アリシアはそのことについて考えてみる。ちびっこ二人が異様に似た顔をして並んで座っている光景を、想像してみる。

あのね兄ちゃん、ばーちゃんと暮らしてる子ましゃべれないんよ。

アリシアの弟が言う。

チュウォンのほかにもぼくのクラスに、ばーちゃんと暮らしている子が二人いるんだ。二人ともうまくしゃべれなくて、ばーちゃんと二人暮らしだ。だからそうなるんだ。ばーちゃんと二人で暮らすとしゃべるのが下手になるみたい。チュウォンがしゃべるのが下手だからバカだってみんな笑うけど、ぼく思うけど、それはばーちゃんと二人暮らしだからだ。あの子はバカじゃないんよ。簡易テスト、やるだろ、あの子がぼくの採点して、ぼくがあの子の採点するだろ？　そうするとあの子、間違ってないんだ。理科の公式とか、わが国で一番長い山脈みたいなこと、そんなの全部知ってるんよ。そんならバカじゃ、ないよな？　ただ、しゃべるのが下手なだけなんだ。みんなそのこと知らない。でもぼく知ってる、ぼくだけ知ってんだ。

わかったから、両親への感謝の手紙を書こう。

今日、そういう授業があり、アリシアの弟はうまくしゃべれない同級生の手紙を代筆してやった。自分のノートの上にその子のノートを広げ、鉛筆を持って書きとる準備をすると、うまくしゃべれない同級生が小さな声で言い、アリシアの弟がそれをノートに書く。

おばあちゃん育ててくれてありがとうございます。

……

もっとないの？

もっと？

ほかに書くことない？

ない。

それじゃ短いよ。ノートがこんなに余るよ。

ほかにないのに。

アリシアの弟は困って、じゃあ破っちゃおうと提案したという。手紙を書いた上の方を切り取ってしまえば、残った下の方の紙はまだ使える。同級生がいい考えだとうなずいたので、弟は文章の下に下敷きをあて、手紙になる部分を注意深く切り取った。そのとき前の席の子が振り向いて叫んだ。あー、ノート破ってる！　バカのくせに、人のノート、破った！　するとやはり前の席で自分の手紙に黄色い花を描いていた女の子が振り向いて、ノートをぱっと取り上げた。

それじゃ、あんたのも破らなきゃ。

あの子のを破ったから自分のも破られるんだよと言って、その女の子はノートを一気に破り、ゴミ箱に放りこんだ。

だからもうないんよ、とアリシアの弟が言う。

それを聞いてアリシアはむかつく。

その、まぬけな女の子のせいで。

その女の子はノートが一冊しかないことを知ってるのか。アリシアの弟が持っている唯一のノートがあれだったことを知ってるのか。あいつがノートを節約しようとしてなかなか書き取りをしないこと、ときには前に書いたのを消して、消した跡がガサガサになった紙にまた書いていることを知ってるのか。知らないだろう。まぬけだから。バカだから。知ってたとしても、何も違わないかもしれないが。一泡吹かせてやるべきだ。むかつきすぎて悲しくなるような気持ちを知らないその子は、ひどい目にあうべきだ。無神経な人間は傷つかなければわからない。引き裂いてやる。見てろ、ずたずたにしてやる。

アリシアは拾った棒切れで地面をやたらと突きながら歩く。コモリを突っ切ってコミの家に行くところだ。

ヒマが茂った角を曲がり、門が傾いて閉まったままの家の前を通り過ぎ、野イバラでおおわれた塀を通り過ぎ、フォークリフトが行き来するフェデックスの物流倉庫を通り過ぎ、冷蔵食品を保管している物流倉庫を通り過ぎ、腐ったハムが捨てられている電信柱の横を曲がり、庭でとうもろこしと唐辛子が育っている空き家を通り過ぎて、広い畦道に出るまで、こうやってひとつひとつ通り過ぎなければ行けないところだ。

影ひとつない畦道に、犬が寝ている。

アリシアが米と洗濯せっけんの匂いのする暗い店に寄って、プラム味のあめを買う。べたべた溶けて包装紙にべったり貼りついたあめが入った箱に手を入れて一つかみ握り、手に二個だけ残す。タバコの棚を背にして無愛想にこっちを見る店の主人に手を広げてみせ、硬貨を一枚差し出す。

しもぶくれの店主がアリシアの手の中のあめを見て、つぎにアリシアの目を見る。彼女はアリシアの父を知っており、母を知っており、弟を知っており、もちろんアリシアを知っている。金を受けとるために手を差し出すときも、金庫に金を入れるときも、彼女はアリシアの顔から目を離さない。アリシアは底の方にアイスクリームが何種類か入った冷蔵庫を蹴りつけると、すばやく走り出す。

プラムのあめを口に入れて、コミのくず屋に行く。

コミの父親であるくず屋の主人は今日は店にいない。くず集めに出かけたのか、トラックも見えない。トタン板で囲われた庭には空きびん、排気筒、くず鉄、ゴム、プラスチック、電線の束、家電製品、取り出せる物質を全部取り出して残った抜けがらが積んである。毎日小型のピラミッドぐらいの規模で積まれていく古紙の山のそばに、手押し車が一台とナックルブームクレーンが一台、錆びたままで停まっている。丸いかぼちゃを割ったような形のクレーンの先端に、クリスマスの装飾用のモールが風雨にさらされてひっかかっている。

アリシアが古紙の山をひっくり返して、読めるものと、ノートを作るのに使える紙を選《よ》り出す。表紙に使うボール紙と、中に使う白紙と再生紙。できあがったノートは地層みたいに、色とりどりの断面をしたノートになるだろう。下の方でつぶれているものほど湿気を吸ってしわになっている。手当たりしだいに紙層に指をつっこんで本や雑誌をひっぱり出す。カラーページのほこりを拭いて写真を見る。薬指に銀の指輪をしたアジア人の男が、軍鶏《しやも》のとさかに口をつけて傷口から血を吸いだしている。伝染、動物界、新しいウイルス、祭り、青緑色のペンキを塗った壁の前に編んだ髪をたらした女の子が拳銃を持って立っている。アリシアはページをめくって、目についた単語を親指で指しながら読んでいく。祈り――塩――世界一――――マグマ――アネモネ。アリシアはしわがより、ごわごわになったページをめくり、雑誌と紙を抱えてくず屋と棟続きの家に入っていく。

コミのばあさんがリノリウムの床をゆでたさつまいもでこすっている。薄暗い居間から、古い材木と彼女の分泌物の匂いがする。ばあさんのことは放っておいてアリシアは中へ上がりこむ。鍵盤がいっぱい壊れているのでふたを閉めたままのピアノが置かれた狭い廊下を過ぎると、コミの部屋だ。ドアノブに触ってみなくても、鍵が閉まっていることはわかっている。コミは父親の店から小さな機械や服を盗む。機械なら小さくて軽いもの。服なら色がきれいだったりプリントや柄のあるもの。それらを部屋に隠しておいて着てみたり、分解したり、組み立てたりしているのがばれないように、たいていはドアに鍵をかけている。アリシアはノックして待つ。コミがドアを開け、アリシアだと確認してから部屋に入れる。西側に小さい窓がある。がたん、ごとん、がたん、ごとんと音を立てて何か床を動き回っている物体がある。歯車をいくつかゴムとねじでモーターにくくりつけたもので、テニスボールみたいに見える。一個はちょうど部屋を横切ろうとしているところで、もう一個は敷居にひっかかって空回りしている。足でそっと押してやると、またがたん、ごとん、がたん、ごとんと不安定に転がっていき、止まる。内側にはめこまれた小さな電球が赤く点滅しては、弱々しく消えてしまう。コミが二つの工作物を順に指して、言う。

ルドルフ・ワン、ルドルフ・ツー（「赤鼻のトナカイ」は「ルドルフ――赤鼻のトナカイ」という原題で1938年に発表された）。

トナカイか。

うん。

こんな格好してないだろ。

象徴だよ。

何に使うもんだ。

何もしないんだ。

そこがポイント、と言いながらコミが、丸いおでこに垂れたくせっ毛をかきあげる。

赤鼻のトナカイにインスピレーションを受けたんだと彼は言う。

あれって、すげー異常な歌だって知ってるか？

そうか？


まっかなお鼻の、トナカイさんは、いつもみんなの、笑い物……

そうそうそれな。かわいそうないじめられっ子が、冠かぶったら人気者になったたって話。

そんな話だっけ。

みんなと違うから、からかわれて、一人ぼっちだったんだぜ。それがサンタに冠かぶせてもらって、そりにつながれて出世したら人気者になったたって話だろ？　ルドルフの鼻は前から赤かったのに、使える鼻だってことを見せつけてやったらはじめて愛される赤鼻になったんだぜ。それで永遠に記憶されてるなんて、しみったれた歌だよ。

そうか。

おまえ、俺が将来絶対欲しいもの、何だか知ってるか？

何だよ。

冠。

何のために。

それかぶって、他のトナカイ全員に、おまえらはみんな間抜けだって言ってやるんだ。

それだけ言えりゃ冠なんか要らねえよ。

要るよ、要るんだ。だってただ鼻が赤いだけじゃだれも話を聞いてくれないからな。ルドルフじゃないと。ルドルフになって出世すりゃ、みんな、聞いてくれるんだ。

じゃあ、そうしな。

うん、そうする。

絶対な、とつけ加えてコミはドライバーを握り、古いレコーダーについたねじを回す。

＊

コモリに雨が降っている。

畦道に寝そべった犬の体が雨を吸ってぺちゃんこになっている。

下水処理場の貯水槽をおおったふたの上にも雨は降っているはずだ。

コモリはちょっと見たところは平地だが、北から南にかけてゆるやかに傾斜している。雨が降ると、このゆるい傾斜に沿って雨水が流れる。雨水は地面に貼りついた波のようになってコモリをすすぎ、ときにはあちこちにひざの高さまで来る水たまりをこしらえる。

この傾斜のてっぺんに、帽子をかぶせたように、下水処理場がある。

生活下水から取り除いた滓《かす》を濃縮して乾燥させる施設だ。そこは何キロもの鉄条網で囲われた平地で、貯水槽と貯水槽のあいだに薄い色の芝生が植えてある。鉄条網の中には桜の木がたくさんあり、春になると、うろこのような花びらが風にのって四方に散っていく。

平和な光景だが、これら全部の下に汚水があり、その水から滓を取り除き、廃棄可能な状態にするための複雑な工程が作動している。この工場の中で目に見えるのは、貯水槽のふただけだ。丸や四角の巨大な金属のふたが、芝生が茂った広い空間に規則的に並んでいる。晴れた日に見ると、さっき着陸したUFOみたいにきらきらしている。さわやかな気持ちいい眺めのようだが、この施設はときおりコモリをおおう悪臭の根源だ。拡充と増築を経て三、四年前から、市の他の地域で発生する下水まで処理する広域施設になったのだ。その計画がはじめて発表されたときコモリは大騒ぎになった。世帯数が少ないからバカにしているのかと、コモリの二十世帯の代表が市役所に押しかけて抗議した。下水処理量が増えるのは脅威の増大であり、不利益である。決死的に反対してやめさせてやると言って鼻息を荒くしていたが、ずっと前から話だけはあった再開発事業の話が具体化すると、処理場増築への関心は消えてなくなった。

短期間の工事を終えて下水処理場が広域施設になったあとも、匂いは相変わらずだ。ひょっとすると皆が心配していた通り、前より悪化したのかもしれない。特定の気象条件になると、どこかのすきまから漏れたり、どこかにしみついた匂いがコモリを包む。匂いは透明な霧のように突然コモリに漂いはじめ、人の粘膜にくっつく。そんな日にはドアを閉めたりすきまをふさいだりしても意味がない。舌打ちしても味がする。でも、どうってことはない。コモリには再開発で大規模な高層マンション団地が建つのだから。変化が押し寄せてきて、それとともに匂いのことも変わっていくはずだ。ちょっと不快なことがあっても、それは新しくコモリに入ってくる他人たちの分担になるはずだ。

古くから住んでいる人たちは金持ちになるのだ。


コモリに雨が降る。

アリシアがコンテナの中で雨の音を聞く。冷えきった顔を毛布の外につき出して、真っ暗な天井を眺めている。降ってくる雨水が直接触れるのだから、天井は冷たいはずだ。雨水は金属の箱の縦線に沿って流れてくるから、壁も床も冷たいはずだ。アリシアの弟が暗やみの中で毛布をひっぱる。アリシアの体にかかっていた毛布がそっちにぐっとひっぱられる。アリシアは際限なく降る雨について考える。固く、とがった針のように地上めがけて突き刺さってくる雨。雨が降ると嬉しい。こんなふうに雨が降るとき、この部屋は孤立し、安全だ。雨によってしっかりと外部から閉ざされるから、だれも、何も、この部屋に接近できない。

あのクサレ……オメコ……とアリシアの母が言う。

今日、黒い家の女が彼女に会いに来た。村でいちばん広い庭があり、いちばん良い木といちばん高い資材でできた家といちばん黒い大門を持っているその女は、日が暮れたあとコンテナにやってきて、自分の家の塀の外まで出ている柿の木に伸びてきて柿を盗んでいった手について話した。何日かは見逃したんだけどという話から始まって、棒を使って枝をめった打ちにして柿の実を落とし、木の枝を折った少年について、落ち着いて説明した。とくに返事もせず興味深そうに聞いていたアリシアの母は、女が帰ると、とくに感情もあらわさずアリシアのほっぺたと首をひっぱたいてコンテナにとじこめ、黒い家の女、あの上品ぶった女について話し始める。あのアマ、わざとあんなことするんだよ。子どものいたずらはともかく、あたしが困るのを見たくてわざわざ来たんだよ？　あのクサレ……オメコ……人さまに教えることがあるようなアマかっていうんだよ、え？　あそこんちのガキが教授になったからって、自分までいつのまにかセンセーになったような顔して、進学はできなかったけど教養はあるんですみたいな顔しやがってあの雌ギツネ、偽善者だよあのアマは、あんなアマが大きな顔して通る世の中がどうかしてんだよ、え？　何さまのつもりだよいばりくさって騒ぎやがって、クサレオメコが、と、言う。

アリシアとアリシアの弟がそれを聞く。

アリシアの母はただクサレオメコと言うだけではない。

あのアマはクサレオメコだと彼女が言うとき、そのアマはほんもののクサレオメコになる。百パーセント濃縮の、百万年の怨恨をこめた、百万年も千万年もそのまま腐っていきそうなクサレオメコになる。あの程度でそうなのかと思うと、彼女がそれを言うたびアリシアはちんちんがむずむずして腐っていきそうな気がし、手足から力が抜ける。アリシアの父からは何の反応も感じられない。アリシアが父のことを考える。クサレオメコの中で知らんふりして寝ているあの男について考える。彼はもう眠っているのかもしれない。眠っているので黙っているのかもしれない。眠っているのなら、夢を見ているはずだ。やがて来るその日のことを夢に見ているはずだ。アリシアの父は、いずれ完成する家が最も適切な値段で住宅公社に売れる日を待っている。その瞬間の夢を見ているはずだ。それがいつか、いくらになるのか、夢の中でも、やきもきしているはずだ。

兄ちゃん。

……

兄ちゃん。

……

雷、落ちたみたい。明け方に。

……

見た？

見なかった。

見ないで、何してたの。

……

寝たの。

寝た。

そう。寝ないで、見ようよ（「チンポじゃなくてオメコ」と同音）。

……

兄ちゃん今日、犬見た？

……何で。

見たの？

見た。

見ないで寝ようよ（「オメコじゃなくてチンポ」と同音）。

何？

見ないで寝よう。

寝ないで見よう、見ないで寝よう、寝よう、寝よう、寝ないで見よう、見よう、見よう
と言ってアリシアの弟が笑う。アリシアが投げた枕に顔を埋めても笑いが止まらない。咳

をしてまた笑い、息を整えようとしてしばらく黙っていたあとで彼が言う。
兄ちゃん。
……
兄ちゃん。
……
寝たの、兄ちゃん。
寝たの、クサレオメコ。
クサレオメコって言うな。
何で。
……
兄ちゃん。
……
電気つけようか?
寝ろ。
眠くないもん。

寝ろって。
眠くないのに寝らんない。
どうしろってんだ。
お話、一つだけ、して。
……
聞いたら寝るから、一つだけ。
……
兄ちゃん。
……
兄ちゃん。
ああもうこの、クサレオメコ。
言うなって言って、自分で言ってんじゃん。

一つだけだぞ。
うん。
聞けよ。

うん。

ちゃんと聞けよ。

うん。

子どもがいた。子どもは、自分の母ちゃんがキツネだと思ってた。だって母ちゃんの顔が変になるときがあったからだ。見てると、夜、電気を消したときが特別に変だ。真っ暗な中で見ると、鼻や口の形がどう見ても人間のものじゃなくて、くちばしみたいで、目も細長いし、耳も長く見えるんだ。どう見てもキツネっぽいから、夜になると母ちゃんの顔をしょっちゅう、じろじろ見てた。変だ変だと思いながら母ちゃんを見てると、暗闇の中で母ちゃんも子どもをじーっと見てた。それで、ある夜にな。子どもは勇気を出したんだ。触ってみようとして、手を伸ばした。長いくちばしに手を当てた。そしたら、くふっ、て母ちゃんが笑った。

くっ？

キツネはそうやって笑うんだ。

キツネだったの！

ほんもののキツネだったのさ。キツネが子どもの手を握って、くふっ、て笑った。わかったのかいあたしがキツネだってことが、って母ちゃんが言った。あたしはキツネだよ。

ずっと前から、骨のずいまでキツネなんだよって子どもの手を握ったままで母ちゃんが言った。あたしはね、あたしみたいに骨のずいまでのキツネたちが人のふりして作った村で暮らしていたの。それである日その村に、おまえの父ちゃんが……人間の若者が……入浴ボランティアでやってきたんだよって。

入浴ボランティア？

人を風呂に入れてやることだよ、このバカ。

わかった。

どこまで言ったっけ。若者が——そいつが何を言ったかっていうとな。ブラシとせっけんが入った袋を背負って村にやってきてな、さんじょうつかまつりそうろうー、って言ったんだ。

さんじょうつかまって、何。

昔だから。

昔はそんなふうに言ったの？

昔だから、さんじょうつかまつりそうろう、さんじょうつかまつりそうろう、入浴ボランティアがさんじょうつかまつりそうろうって登場するんだ。よそものが入ってこないように自分たちの村をしっかり閉ざしていたキツネたちとしては、すきをつかれたっていうか、びっくりしちまっただろうな。それでキツネたちがどうしたと思う、何て言ったと思う。食っちまえ、何も残らないようにあいつを平らげてしまえって言ったと思うだろ。だけどキツネたちは、まずはその若者が村を回って何をやるのか見てみることにしたんだ。それでキツネっていうのはもともと好奇心がすごく強いから、せっかく村に来た人間が手伝ってくれるんならお風呂入ってみようかなと思って、あっちこっちで寝そべっちゃったんだよ。それでどうなったのって子どもが訊くと、おまえの父ちゃんがどの家にも訪ねていって、お風呂に入るのを一生けんめい介助してくれたんだ、一晩だけじゃないよ、三日も四日も、五日も六日も、半月もお風呂の介助をしてくれたんだよってキツネが言った。そのキツネははじめっから彼の後をついて回って、全部見届けたんだって。それで、なんていうか、村のキツネとはどっか違うその若者のことが好きになったんだな。だから、若者が村を出て行く日になるとこっそりついてって、村を抜け出すと若者の前に出ていって、つっぷして、こう言ったんだ。ほれもうした。

昔だからだね。

昔はみんなそういうふうにしゃべったんだ、ほれもうしたとか、好きになりもうしたって。それ聞いて若者は困ったんだろうな、何をまたーとか言って、困っちゃっただろう。でもキツネがすごくきれいだったから惑わされちゃって、結局キツネを家に連れてって、それで子どもが生まれたんだ。

……

それで？

何？

子どもが生まれて、それから？

それで……子どもを育てた。

子ども、何食べた？

肉だろ。

ぼくも肉食べたい。

肉も食べて菓子も食べて、あめも食べて、とんでもなく食べたから、貧乏にならないわけにいかないだろ。

貧乏だったの？

肉も菓子もすごく高いからな。で、若者の親兄弟姉妹がそれ見て、何て言ったと思う。人さまに恥ずかしくないように育てたのに、あんなにいっぱいいるメスの中から金も何も持ってないキツネを連れてくるなんて、と言ってほんとに人間らしく騒いだんだな。キツネのくせに手ぶらで嫁にきた恥知らず、鯨みたいな大食いの子ども産んで、あの二人を食わせようとしてどんなにあの子が苦労していることかって、ひまさえあればキツネをつかまえようとしたんだ。男狂いのクサレオメコ、売女、キツネみたいな女、いやほんもののキツネ女、顔洗うときにせっけんで顔を三回こすったらクサレオメコ、スープを作るときに塩を入れたら売女って。

それって、それって、あれだ。

何だ。

裏の家のおばさんち。あの家のことだ。

違うよ。

あの家のことだよ。あそこの婆ちゃん、おばさんに毎日そう言ってたもん。

お話やめるか。

うん。

やめるぞこのバカ。

やだ。それで?

……

兄ちゃん、それで。

それで……売女とか……クサレ……オメコ……とかって、そんなことばっか言われたらキツネがどう思うかだよな。あたしがクサレオメコだなんて、売女で男狂いだなんて、ひどい、って思うだろ。

うん。

それで、だんなが死んじゃったとき。

え、だんなさん死んだの。

死んじゃったとき、キツネは、だんなの親や兄弟姉妹が言った通り私が食っちまったんだろうか、自分でも気づかないうちに彼を食っちまったんだろうかって思って、空しきことよって泣いたんだ。泣いて泣いて泣いてるとキツネの顔になったり人の顔になったりするもんだから、だんなの兄弟姉妹たちは、お悔やみにきたお客さんにキツネを見せないように、部屋にとじこめておいたんだ。暴れるかもしれないから部屋にとじこめて、だんなの死体も見せてやらなかったんだよ。最後に一目でも会わせてくれって泣いて頼んでも会わせてやらなかったから、葬式のあいだじゅう、キツネはずっと部屋にいて、空しきことよって泣き続けて、とうとう決心したんだ、食っちゃえって。食ってなくても食ったと言われるし、食っても食ったと言われるんだから、だったらいっそあんたたちを食っちゃおうって。キツネは葬式が終わって、人間どもが自分をとじこめておいた部屋の扉が開くのを待ってたんだ。とうとう扉が開いたとき、キツネはほんもののキツネになって人間に襲いかかったんだ。クサレオメコの売女が目にもの見せてやる、どんなもんだか見せてやる、私がクサレオメコ、私はクサレオメコって言いながら、一家全員、完全に食い散らかして、完全なクサレオメコ状態にして、クサレオメコとともに去っていったという話。

おー。

おもしろかったか。

うん。

わかったか、それで。

うん？

クサレオメコってことばをしょっちゅう聞いてるとクサレオメコになるんだぞ。

うん。

クサレオメコってことばをしょっちゅう言っても、クサレオメコになるし。

何で？

言うと、自分にも聞こえるだろ。

あ。

兄ちゃん、じゃあ裏の家のおばさんはキツネになったの？　キツネになったから、いなくなったの？

知らないよ、バカ。

……

兄ちゃん。

……

兄ちゃんはぼくにバカって言うじゃん。

バカだから。

バカかな。

バカだよ。じゃあ、おまえはカバか。

兄ちゃんだってカバだろ。ぼくも兄ちゃんにカバって言うよ、兄ちゃんバカ野郎、カバ野郎。

このガキ。

……

……

兄ちゃん。

……

それで、キツネの子はどうなったの。

それで……それから……ガキは大きくなって、おまえは寝るんだ。

……

寝な。

寝な、とアリシアが言う。

君は、どこまで来ているかな。アリシアの口に雨のしずくが入る。アリシアと君が住むこの都市にも雨が降る。雨水は粉じんが混じってざらざらし、濁っている。何日も乾燥してひびわれそうになっていた都心の上空に、ようやく雨が降ってきたのだ。雨水は冷たい爆弾のように落ちてきて、とうとうこの都市を浸す。アリシアの靴とストッキングと足の指が雨水に浸かる。君は、どこまで来ている。

アリシアが夢を見る。過去のアリシアと現在のアリシアが水面のすぐ上とすぐ下のように入れかわり、瞬時にしてあらゆる時を行き来することを夢見る。その瞬間瞬間がここにある。アリシアの夢だ。現在のアリシアが突然過去で爆発し、過去のアリシアが突然現在に芽を出すその瞬間。アリシアは今どこにいるか。彼は今、街角に立っている。パウダーシュガーで飾ったケーキやクッキーが入ったショーウィンドウに映った自分の顔を見る。燃え上がる炎なんか一つもないこの通りで発生したすすで、その顔はかなり黒い。彼の頬、腕、手の節の皮膚は乾いた餅のように白くこわばり、ひびわれている。彼は何歳だろう。けっこう年とっているのだろうか。いつも夢を見ているので、ぜんぜん年をとらないのかもしれない。寝な、と彼が言う。

コモリに雨が降る。
弟はもう寝ている。彼の寝息が聞こえる。

犬がケージの中で動く。犬は雨に濡れているはずだ。トタンの屋根はついているが、ケージはとても低く作られているので流れてきた雨がいくらか中に入る。犬はケージの床ごしに雨水が流れるのを見ているはずだ。流れにさらわれて、ケージごとどこかへ流されていると思うかもしれない。犬は不安だろうか。冷たくなった布団の縁で鼻をおおって、アリシアが天井を見上げる。弱まったかと思うとまた激しくコンテナに襲いかかる雨音を聞く。

雨はどうだろう。雨にも悪臭があるのか。下水処理場の深い貯水槽から蒸発して雲になり、コモリ目指して落下してくる雨は、いやな匂いを放っているはずだ。それはきっと黄色いはずだ。雨は黄色いはずだ。匂いも黄色いはずだ。黄色い雨でびっしょり濡れた犬から生まれた子犬も黄色いはずだ。そいつらは、時がくればアリシアの親たちが食う。その体も黄色いはずだ。黄色であれ。

黄色であれ。

黄色い人間が作りだした人間はどうか。

黄色いだろうか。

犬みたいに黄色く、犬の子みたいに黄色いだろうか。

アリシアが、明日、弟のノートを破った正義感ある女の子をそそのかして、ひどい目にあわせてやる計画を立てている。女の子が気づかないようにうしろから押してやりたい。そうすることもできるだろうが、そんなのはつまらない。アリシアはその子を、忘れられないような目にあわせてやりたい。なんとなくじゃなく、因果関係をちゃんと記憶し、忘れないように。明日アリシアはその子のあとをつけるはずだ。うどんをおごってやると言って誘い出すはずだ。学校を出て、洋服屋と自転車屋と服地屋を通り過ぎ、消防ポンプがある角から狭い路地に入るはずだ。この路地で女の子を八つ裂きにしてやるはずだ。アリシアはやるはずだ。できるときに、確実にやるはずだ。弟と同じようにぼろぼろにしてやる。その子だけではなく、弟をいじめたあのガキ、そのガキ、女のガキ、残らず、その路地に引きずっていって全員ずたずたにしてやる。立ち直れないぐらいぼろぼろにして、全部あそこに埋めてやるのだ。そして最後に弟を埋めてやる。

アリシアはだれよりもこいつが嫌いだ。弱虫で、気色悪い。あいつは、できそこないで、クソだ。ズボンの中にクソをして帰ってきたことがある。クソはもう乾いていた。授業中に手を挙げてトイレに行きたいですと言えなくてやっちゃったというのだった。彼の席からは匂いが広がり、子どもたちは鼻をつまんで彼の方を振り向き、先生がズボンの中に排便した罪で彼の机と椅子を教室のすみに押しやった。彼は授業が終わるまで自分がしたクソの上に座ってから家に帰ってきた。アリシアの母は彼を裸にして庭に立たせ、ケージを洗うときに使うホースで水を放射して、尻にこびりついたクソを洗い流した。水圧の高さに彼が音を上げて庭のすみに逃げると、彼を放水で追っかけまわして笑った。このできそこない、クソしても黙って座ってたのかい？　世の中にこんなバカはおまえだけだよとねちねちきめつけた。

そこまでなら笑い話だが、夜になってまた始まった。何かがひどく気にさわったのか、彼をまた庭に引きずり出して体を押したり引いたりして怒りだした。彼女にはそういうときがあり、そうなると止まらない。そんなとき彼女は人というより、状態といった方がいいものになり、焼きを入れた鋼鉄みたいに熱く、強くなり、まわりの温度まで変えてしまう。クサレオメコになるのだ。持続し、加速していく途上で脈絡は蒸発し、ただもうクサレオメコ化したというしかない状態になる。アリシアと彼の弟はそれにさらされている。アリシアの父もコモリの人たちもそれを知っている。知っているから知りたがらないし、知りたくないから結局、知らないままだ。アリシアは彼女のクサレオメコ化について説明することもできる。彼女や父から聞いた話を参考に、こんなふうに言うこともできるはずだ――彼女はとても勉強したかったのにそれができず、自分自身もだれにも負けないほど家長に殴られて育ち、食堂の厨房に送りこまれ、月給は毎月父親にとられ、耐えられずに初の月給奪還闘争を起こしたところ、真っ裸にされて家の外に追い出され、雪の中で立っていなければならなかったと。彼女はそれを忘れられずに苦しんでいるのだと。

笑わせんな。

アリシアはそう言いたい、同時に、消えたい。

あれを言うとき彼女は、言いたくて言ってるのだから。そんなとき彼女は一滴の雨だれみたいに透明で、単純だ。殴りたくて殴ってるのだ。殴るから殴りたくなり、殴りたくなってもっともっと殴る。がまんできないというより、がまんしたくないだけだ。殴っちゃいけないというきまりを自分の中に積み上げていくのがめんどうくさく、ばかばかしく、あれもこれも嫌なので、殴ることに没頭する。

寒かったはずだ。

雪の中に裸で立っていなくてはならなかった夜、彼女は寒かったはずだ。下着ぐらいは着ていただろう。女の子だからそれぐらいは残してやっていたはずだ。彼女のか細い足が雪を踏んでいる。足の指は雪で赤くなり、足の甲は青い。足首や太ももがほとんどあったかいと感じるほど、足の裏が冷たい。口角はゲンコツで圧迫されて赤紫色になり、髪は雪に濡れて黒々と貼りついている。もしかしたら人が通るかもしれないので、彼女はそれを避けて家の裏に回り、煙突に体をくっつける。あんまり苦痛なので考えることをやめ、頭をからっぽにしたままで、冷たい夜空にかかった星と月を見る。何も考えない。彼女はその場で何時間か耐えたあと、そっと家に入っていく。彼女の兄弟姉妹と父親は眠っている。彼女は布団の外にちんまりと突き出た母親の顔を見る。だれよりもじっと彼女を見つめる。父のせっかんはいつものことで毎日のことで、別に目新しくもなく、気にもならない。彼はそうしたい人間で、そうしたいときにそうやって生きてきて、いつか死ぬはずだ。

彼女はそれよりも母が気になる。母はなぜ何もしないのか。なぜ見に来てくれなかったのか。私がどうなってるのか、なぜのぞき見ようともしない。私は死にたいほど寒かったのに、なぜ私のことを気にもかけずに寝ているのか。家族が残した夕食のすいとんと古い布団と寝ている人間たちの匂いが混じったあたたかい空気の中で、静かに静かにクサレオメコが発芽する。クサレオメコは父のそばで安らかに眠っている母を見おろす。母は小柄で静かな人だ。日本で洋裁を習ってきたので針仕事がうまく、従順で、乱暴なことはしない。身分の高い人みたいに色白で肌の薄い彼女は、悪いことはしない。卵みたいに純真無垢といってもいい。彼女について質問したら、十人中少なくとも九人は善良な人だと言うだろう。彼女は盗みをしないし、人に逆らわないし、大声を出すこともない。かいがいしくて、どこにいても存在感がないほど控えめで、人が笑うといっしょに笑う。彼女がいちばん幸せで平和そうなのは、平和で幸せなときだ。女どもと楽しく遊んで帰ってきた家長が新聞紙でくるんで持ってきた牛肉とか雉肉《きじ》でスープを作り、家族全員座って食べるときだ。彼女は満腹で平穏だ。

ポストクサレオメコを誕生させたクサレオメコだ。

クサレオメコがアリシアの弟を殴るとき、アリシアはアリシアの体にしみついたクサレオメコをすべて動員してウォリアーになる。クサレオメコウォリアーは、突進する。突進につぐ突進。

クサレオメコな彼に敗北はない。

嘘だ。

敗北する暇などなく、彼はそのときが過ぎるのを待っている。

夜はやがて過ぎ去るから。

寝な、とアリシアは言う。

*

畦道に犬がいる。

この犬はアリシアのケージで育った犬たちとは似ていない。体も小さく、足も短い。毛は長くてもじゃもじゃにからまっている。犬はしばらく前からそこにいて、昨夜の雨にも流されずに畦道に残った。雨に濡れた腹が少しふくらんでいる。犬は暇そうに、平和そうに見える。口の外に舌を少し突きだしたまま、寝そべっている。あごの下にたまった暗赤色の水たまりさえなかったら、犬は昼寝しているように見える。

アリシアの家族たちが犬を追い越して畦道を歩いていく。父、母、アリシアとその弟。足にねばつくぐちゃぐちゃの細い泥道を一列になって歩いていく。アリシアの父が先頭に立っている。ジャケットとズボンをきちんと着て、朝から家族をせきたてて出かけてきたのだ。小さい丸い頭には、遠出するときにかぶるハンチングがのっている。

彼は自分からは話さないが、だれかが聞けばおもしろがって答える。彼は戦争で生き残った人間だ。農夫の息子として育ち、北から南へ避難する行列に合流した。みんな死ぬか、散り散りになってしまい、母方の叔母と彼だけが残った。彼は、すきさえあれば自分を見捨てようとする叔母に遅れまいとして死にもの狂いで歩いた。食べものもろくに分けてくれない若い叔母から目を離さずせっせと歩いたが、大きな山火事にあって結局捨てられた。風に乗って山すそへ広がってくる炎を避け、夢中で山頂まで登ってみると一人だったという。登り坂で炎に追いつかれた彼は、地面に積もった落ち葉と木の枝を素手でかきよせて地面を露出させ、そうやって作った円の上に横たわった。火はその円の縁をなめながら通り過ぎ、彼は生き延びた。その後、一人で歩いて南に到着した彼はあちこちを渡り歩き、物乞いをして暮らし、コモリで下男になった。コモリにまだ人口がかなりあったころの話だ。

そのころ彼を下男として雇っていたナムさん一家も、もうコモリにいない。彼らの家はとりこわされた。そこに住んでいた人たちは都市に移住し、ありとあらゆる失敗を経験して、残った金で大きな焼肉屋を経営している。アリシアの父は一定の周期でその店を訪ねては肉を食べて帰ってくる。同じ周期で、家族を連れて訪問する日も設けられている。家族だと、アリシアの父が言う。家族同然の人たちだと。戦争で、皆が食っていくのもたいへんだったころ、自分に食べものと、寝る場所と、仕事をくれた人たちなのだから、折にふれて訪問するのが人情だし、道理というものだ。

アリシアの母が彼のあとを追い、アリシアとアリシアの弟がそのあとに続く。アリシアの母は薄いグリーンのコートを着て口紅を塗っている。畦道を抜けて停留所まで歩いていくあいだ、彼女はおとなしく夫のあとをついていく。彼らは、葉が全部落ちた街路樹の下でバスを待つ。同じようにバスに乗ろうと停留所にやってきたコモリの住民が、彼ら夫婦に近寄ってくる。彼女は老人の家の工事がどこまで進んだか訊き、小さな口をすぼめて澄ましてベンチに腰かけている彼の妻をじろりと見る。霜のおりる前に……とアリシアの父が答え終わる前にバスが着き、彼らは乗りこむ。バスはがらあきで、みんなそれぞれ好きな席に座ることができる。

アリシアが弟と並んで座り、前の方に彼らの父母が座る。一言もものを言わず、ガタゴトと揺られていくあいだ、アリシアは前に座った人たちの後頭部をにらみつける。人の後頭部はなんであんなに変な形なのか。

兄ちゃん。

アリシアの弟がささやく。

ぼくたち今日、肉、食べるの。

……

肉食べるのかってば。

おまえ、肉好きか。

兄ちゃん、嫌いか。

おまえだっていっぱい食べたろ。

これから、あの店に行くの。

……

あの店の肉、嫌い。

……

臭いんだもん。

……

牛、殺すときの匂いだ。

……

台所で殺してるんよ。血とおしっこと、牛のクソの匂い、全部、する。

……

牛、殺すときみたいな匂いなんよ、兄ちゃん。

そんな匂いがあるか。

あるよ。

その匂い、ほんとに自分でかいだことあんのか、このできそこない。

昼ごろに彼らは焼肉屋に着く。道の向かいにある。ほんとに「向かいの店」という看板がかかっている。アリシアの家族が向かいの店に入っていく。兎の毛のチョッキを着た女が入り口にむかっていらっしゃいと言い、眉をひそめる。向かいの店の主人は彼女の嬉しそうでないようすから、下男一家が来たのだなとわかる。皆さんお元気ですかとアリシアの父がハンチングを手に持っててていねいに訊く。アリシアは油がしみてべたべたする板の間に上がり、かつての下男と主人の妻があいさつをかわすのを見守る。昔ふうにしつらえた板の間に、厚くて低い木のテーブルがたくさんある。アリシアとアリシアの家族が、コップとナプキン入れとはし箱の位置をまっすぐに直して黙って座っているあいだ、焼肉屋の従業員たちは、あまりお客もおらず、たいして仕事もない店の中を行ったり来たりして、しばらく四人を放っておく。とうとう、北の地方の言葉を話す女がおしぼりを持ってきて、何を食べるかとぶっきらぼうに訊く。アリシアの父は塩こしょうした牛肉を二人前頼み、まずは肉を焼く。老人があぐらをかいた脚を両手でつかみ、体を前後にゆすりながら、肉が焼けるのを待つ。老人が顔と首を拭いたおしぼりで額の汗を拭き、肉をひっくり返し、サンチュに包んで食べる。いつも家で食べているものより何倍もうまいというように、舌鼓まで打って盛んに食べる。肉が残り少なくなると、彼は手を挙げて主人の妻を呼び、彼女はため息をつく。礼儀知らずのアマだ、とアリシアの母が小声で言い、老人は泰然として、料理をもっと持ってきてくれと言う。肉と、飯と、汁。服と肌に肉を焼くにおいがたっぷりしみつくまで、彼は咀嚼し嚥下する。

父ちゃんは兄弟がいなくて寂しいからしょっちゅうあそこへ行くのかと、アリシアの弟が訊く。

父ちゃんは愉快になろうとしてあそこに行くんだと、アリシアの母が言う。

あのアマは怒ってるんだ。昔、面倒みてやった下男が今はお客になってやってきて、そいつの食事の世話をする身の上になっちまったのが嫌で、むかついてるんだ。昔はうちの板の間に足を踏み入れることもできない下男だったくせにとは言えないから、顔がひきつるんだろうさ、あのおいぼれアマ。父ちゃんはそれが見たくてあの店に行くんだよ。自分を下男として雇って、馬小屋と変わらない納屋に住ませて、残飯や古着を投げ与えてバカにしてた連中がやっている店に行って、金を使って帰ってくる理由なんて、そのほかにあるわけがない。でなけりゃ大バカだろ、え？　またはこう言うだろう。父ちゃんはわざわざバカにされるためにあの店に行くんだよ。昔、主人にバカにされながら、人並みに暮らしたいと思って欲を燃やしてきたんだ。見てろよって発奮して、家を買い、土地を買う力をつけたんだ。人に自慢できるような暮らしをしてやるっていう意地を育ててきたんだ。孤児だから下男だからって差別してきた人たちにあてつけてやろうとしてね。わざわざ意地張って、下男だとバカにされるために行くんだよ、とアリシアの母が言う。

ああ、食った、食った。

アリシアの父が言う。

コモリにはコモリ池と呼ばれる水たまりがある。

もともと小さな水たまりだったところに、近くの釣り堀から流れこんだ水と魚がたまって、釣り場になってしまった池だ。アリシアの父をはじめこの池を知っている人々は、金を払わなければならない釣り堀よりも、コモリ池に行く。天気の良い日にアリシアの父は釣り竿を準備して、弁当やその他のがらくたを入れたかばんをアリシアに持たせて池に行った。

コモリ池に行くにはコモリの周辺部に向かってしばらく歩いてから、道をはずれて盛んに茂った丈の高いやぶを通り抜けなくてはならない。アリシアの年とった父はこの道を、若い男のように元気よく歩く。とうとう池に着くと池のはたに愛用の釣り用椅子を広げ、泡が浮かんだきたない水面に向かって釣り竿を投げ入れた。

池を眺めながらちらほら座っている他の釣り客と同じく、長いことぴくりとも動かずに座り、浮きが動き始めると活気に満ちて糸を巻き上げる。とうとう地面に投げ出された魚は、固く締まった美しい肉を貫く脊索の強い力が感じられるくらい身もだえする。それを拾ってバケツに入れるのはだいたいアリシアの仕事だ。手のひらの中でぴんぴんはねている魚の力が気味悪く、アリシアがびくっとすると、そのようすがおもしろいのか父はハハハと笑う。彼は家に帰る前に、つかまえた魚のほとんどを池に放してやる。家ではあまりしゃべらないが、池のそばでは自信にあふれてよくしゃべる人間になる。

わかるか？

彼は満足げにこんな話もしてくれる。

命にはみんな価値がある。人はみな等しく価値があるんだよ。昔、俺の兄弟や家族が全員生きていたころのことだ。親父の兄さんがな――俺にとっちゃ伯父さんだが――ガタイがよくて村のごろつきだったんだ。ガタイがいいもんだからアカの連中が南下してきたとき（朝鮮戦争のときに北朝鮮の人民軍が南下してきたことをさす）にすぐに目をつけられてな、腕章をはめてもらったんだよ。頭がいいからじゃない、ただガタイがよくて血の気が多かっただけだ。アカが何だかも知らんのに腕章をはめてもらって喜んでな、どれだけ意気揚々として村を練り歩いてたか。似たような体つきのごろつき連中を引き連れて、人にああしろこうしろって指図できるもんだから、ほんとにたいした威勢でなあ。韓国軍が北上していることは知らなかったんだろうな、ハハハ。まさか追われる身になるとは思いもしなかったんだろうさ。韓国軍が近くまで迫ってきたときはもう、アカどもといっしょに逃げ出してな。そのあと伯父さんはどこかで死んだとか、いっしょに逃げたアカもろとも捕まって銃殺されて、どっかに適当に埋められてるんだろうとか言われてたが、そんな話を聞いて、その母親が――つまり俺の婆さんだがな――鎌一丁持って、必ず息子を見つけてみせるって夜も昼も四方を掘り返して回ったんだ。あのころのことだから、山にも野原にも死体が山ほど埋まってたんだろうな。鎌でも掘りだせるくらい浅く、大ざっぱに埋めた死体でいっぱいだったってことだ、わかるか？　それで婆さんに鎌ばばあってあだ名がついたんだが、気がふれてるって噂が広まったぐらい、昼も夜も鎌を持って歩き回っちゃ、掘って掘って掘り返して、死体が出てくると息子かどうかよく調べて、息子じゃなかったらすみません、すみませんって謝って元通りに埋め直してやってたんだ。いやもう、あんな苦労をしてまでそんなことをやったのも、こりゃ自分の伯父さんに言うことじゃないだろうが、竹槍で近所の人たちをやたらと突いて回ってたごろつきみたいな奴でも母親にとっちゃ大事な、価値のある奴だったからだ。わかるか。この年齢になるまで生きてみてわかった。人間はそういうもんだ。おまえもそうだし、おまえの母さんもそうだ。みんなそんなふうに大事で、かわいそうなもんなんだ。世の中に生まれて育った命の中に、価値のないものはないんだ。

わかるか？

細い、沸騰するような声でこう言ったあと、彼はこれ見よがしに池にむかってバケツをあける。釣り針で口を裂かれた魚たちが、血で濁った水といっしょに池にスーッと流れこむ。アリシアが釣り用の椅子のうしろに立ち、父のやることを見守る。彼はつかまえた魚のうち二匹か三匹ぐらいは残し、あとはその場で腹を裂いて陽に干し、家に持っていく。午前中陽に干して乾いた魚は、彼が自分で揚げたり焼いたりする。下水の匂いがして、全然食欲がわかない料理だ。知ってるか？　おまえは知らず俺は知ってると言いたそうに彼は言い、それは彼の口癖なのだが、アリシアから見てさえ彼は無知すぎる。魚の口を引き裂いたら、食べるか殺すかすべきだ。魚の口を引き裂いて池に戻しておいて、生命の価値について語るような人間はぜったい信用できない。

＊

アリシアがコモリの夜を見ている。

街灯一つないのに道は意外に明るいはずだ。住民が少なく人がめったに行き来しない古い路地は、月光を浴びて明るく照らされているはずだ。地面に敷いた煉瓦のかけらのすきまからたんぽぽの茎が月に向かって伸びているはずだ。今夜は風向きのおかげで下水処理場のかすかな匂いもなく、久し振りに空気がきれいだ。遠くで下水処理場を増築している工事現場も、ケージの中の犬たちも、完成を目前にした老人の家のあたりも夜に浸っている。物音なく静かだ。一日じゅう、家を建てるために疲れる労働をした人夫たちは、三つのコンテナの中の一つに集まって眠っている。アリシアとアリシアの弟も寝床に入っている。老人と彼の後妻が住んでいるコンテナにはまだ明かりがついている。老人はテレビで零時のニュースを見ている。不正で恥知らずな方法によって資金運用してきた貯蓄銀行（個人の零細な貯金を保管・利殖する金融機関で、名前は銀行だが普通銀行とは区別される）が倒産した。その銀行は、堅実な大企業として知られており、倒産の前日まで正常に営業していた。前日に一千万ウォン預けた人がいる。二十万ウォン預けた人も、二百万ウォンの人も、四百万ウォン預けた人もいる。十五年積立の最後の納付金を入金した人もいた。みんな、窓口の職員からは何も聞いていない。倒産直前に金をそっくり引き出した人もいるらしいが、ほとんどの預金者は倒産の気配にさえ気づかず、一日じゅう、国はそのニュースで騒然となった。防犯用の格子つき窓が閉ざされた銀行のドアを拳でたたく人々と、茫然とした表情で銀行の近くをうろうろする人々が朝飯どき、昼飯どき、夕飯どきのテレビ画面に登場し、泣き、訴え、怒った。アリシアの父はハハハと笑う。あの騒ぎを見ろと言い、まったく悪意なく、何の重みもなく、他人の不幸を無邪気に笑う。あの人たちはなんであんなことをすると思う。金を引き出せなくなったからだぞ。自分の金を全部銀行に入れちまって、それが引き出せなくなったんだ。老人の後妻が彼の横で飯を食べている。

おい、とアリシアが言う。

お話してやろうか。

……

おい。

……

ネ球がいた。

……

ネ球って何かっていうとな。

……

丸い生きものなんだ。横から見てもうしろから見ても前から見ても、どの角度から見てもネ球は丸い生きものだ。ひれなんかもないしな。ネ球は、長い歳月、ぐるぐる回りながら生きてきたんだ。そうしてるうちに、急に暑くなったり冷たくなったりすることもあったんだ。ひっくり返ったこともあるし、何かがくっついたり、何かがこぼれて出てっちゃうこともあったんだな。

……

ネ球の奥のほうには鯨が一匹住んでたんだけど、そんなこんなでずっと前に、鯨はいなくなっちゃったんだ。

鯨が？

かっこいい生きものだったのになあってネ球は思ったんだ。

兄ちゃん。

うん。

ネキュウって、あれだよね。

何。

ネコでしょ。

猫とネ球は違うんだよ。

ネコだよ。

違うんだよバカ。

それでネ球は泣いたの？

何？

鯨がいなくなって泣いた？

泣きはしない、ネ球だからな、ずーっと、あーって言いながら、ぐるぐる、さまよってたのさ。

そお。

ああーって言いながら回ってたんだけど、ある日冷たいもんがネ球にくっついて、卵をかえしたんだよ。

えっ。

卵から生まれたものは毛があって爪もあって、歯もあって、何より、直立できたんだ。

直立って何、兄ちゃん。

まっすぐ縦に立つんだよ、バカ。

そお。

毛だらけのちっちゃい奴らが、ネ球の表面でせっせと行ったり来たりしはじめたんだ。

行ったり来たりして何するの。

おなかいっぱい食べて、寝て、そして。

そして？

交尾する。

交尾って何、兄ちゃん。

子どもを産むんだよ。

ああ。

ヤムボがヤムジを産んで、ヤムジがヤムモを産んで、ヤムモがヤムジョを産んで、ヤムジョがヤムパと心を合わせてヤムマリを産んで、ヤムマリがヤムニジャとヤムヤムを産んだんだ。

わー。

すごいだろ？

いっぱいだね。

いっぱいいると、どうなると思う。

え……

いっぱいいると、お互いのへそを押してみることもあるんだ。

なんで、おへそを。

まあ偶然にだな。それでへそを押したら、ヤムニジャが、あ、って言って死んじゃったんだ。

死んだの。

それで、ヤムたちはわかったんだ。へそを押すと死ぬんだなあって。

……

……

……

それでヤムたちはへそを押して殺し合ったりしながら、ネ球の中で暮らしたんだ。ネ球に生えた苔を食べて、せっせと直立して、交尾して、暮らしてたんだ。

……

……

暮らして、それで？

苔も食べて、クソもして、犬も飼って。

犬がいるの。

釣りもして、家も建てて、金も稼いで……ヤムたちは貝というものをこしらえて、金みたいにやりとりしてたんだな。

貝？

貝。

あの貝？

その貝みたいな形だけど、ヤムたちが作った貝だからそれとは違うけどな。とにかく貝だったんだけど、貝ができると、貝を稼がなきゃということになるんだ。貝いっぱいとれたかとか、貝いっぱいとりなさいよとか、そんなあいさつするようになって、貝はどうだとか、貝を返せとか、貝が足りない、もっと貝がいっぱい欲しい、貝のせいで死にそうだ、なんて言うようになったんだよ。でもおしまいには、いったい貝が何だってんだって思うヤムも出てくる。ヤムマリがそうだったんだ。貝を地面に置いて、裏返してみたりして、こんなものが何だ、こんなもんのせいでどんだけヤムの生活が面倒になってるんだって、腕組みをして考えはじめた。それでヤムボ、ヤムジ、ヤムパ、ヤムマリたちが集まって、こんなことを話したんだ。

ヤムの生活がこんなことでいいのか。
貝がいけない。
貝工場を爆破しよう。
ネ球が爆発したらどうする。
ネ球はそんなに弱くないよ。
貝工場をどうやって爆破するんだ。
へそを押せばいい。

へそがあるのか、貝工場に。
あるだろう。
ないよ、ないよ。
とにかく行ってみよう、ヤムたちよ。

で、決行を約束したヤムたちが貝工場を目指して一列になって歩いていくときに、それが起きたんだ。ヤムたちでいっぱいの広場を通るとき、広場を横切ったヤムが車にはねられて……

車もあったの！

車もあった。車にはねられて、ひどいけがをしたヤムのポケットから、貝がキラキラしながらあたりに散らばったんだ。そしたらまわりにいたヤムたちが、おー、おー、おーって言って走ってきて、貝を拾いはじめたんだよ。大騒ぎになった。決行を誓って行列してきたヤムの中にも、近くに転がってきた貝を自分でも気がつかないうちにサッと拾ってポケットに入れちゃったのがいた。ヤムマリもそうしたんだけど、ポケットに入れた貝を撫でまわしながらヤムたちを見ていると急に顔が赤くなってきて、おい、と言ったんだ。俺たちは間違ってた、貝が悪いんじゃない、ヤムが悪いんだ。初めからヤムが悪かったんだって言いながらヤムマリは自分のへそをグッと押したんだ。

ヤムマリは死んだの。

ヤムマリがそうやって消えて、ヤムボが消えて、ヤムジが消えて、ヤムモが消えて、ヤムパが消えて、ヤムニジャが消えて、
ヤムニジャは死んだんだろ。

え?

死んだって、さっき。

これは、ジュニアの方だ。

そお。

ヤムニジャジュニアが消えて、ヤムヤムが消えて。こうやってたくさんのヤムが自分のへそを押して消えていくあいだに、広場では騒ぎが起きていて、そのあいだにネ球はいちばん明るい銀河にさしかかったんだ。

兄ちゃん、銀河って何。

宇宙。

……

天の川。

……

天の川だよすてきだろ。

うん。

宇宙なんだから、すごいだろ。

うん！

ヤムたちはどうなったと思う。両手にどっさり貝を握って、ネ球の大気中に広がる銀河の光を、感動して見てたんだ。

うん。

おおおおーってヤムたちが喜んで死んでいくあいだに、ネ球は静かにひっくり返ったんだ。

それで、どうなったの。

死ぬんだよ。

え、死ぬの。

みんな死ぬ。

うわー。

……

わあー。

殴られた頭がぼうっとする。

銀河は今夜もアリシアの頭上で動いているはずだ。アリシアとアリシアの弟が並んで寝ている金属の箱の外を、静かに流れているはずだ。

人間にはその音が聞き取れないから静かだと思っているが、実は真似できないほど巨大な音をたててやかましく流れているはずだ。

アリシアは一度だけ銀河を見たことがある。日没後でまだ残光があり、暗くはなっていない夕方だった。コモリの野原を歩き回っていて急に上を向いたとき、それを見た。赤い砂をぶちまけたような幅の広い光の帯が頭の上を流れていた。かすかだったが、はっきり銀河だとわかった。銀河の一種を見たんだなとわかったのはずっとあとのことだったが、首がしびれてめまいがするまで頭をそらして見つづけた。巨大なものにひんやりと圧倒され、見ているという意識もなくただ見ていた。めまいがしてしばらくうつむいたが、二度めに頭を上げたときには消えていた。コミのくず屋で見つけた雑誌に載っていた文章がほんとうなら、銀河は膨張しているのだ。天体と天体はとほうもない速度でお互いに遠ざかっているのだ。

今ごろはどれくらい遠ざかっただろうか。

星も何もない銀河空間は、あれからどれくらい広がっただろう。

とにかく、すごいんだろう。巨大で美しいはずだ。星と宇宙ガスが集まったところは赤い髪の毛の束のようだったり、紫色の花のようだったり、勇ましい馬の頭のようだったり、黄色や青の瞳のようだったりする。今もせっせと膨張しているはずだ。膨張して膨張して、星と星の間隔が途方もなく広がってしまった銀河の中で、アリシアは点の一個にもならないはずだ。ほこりの一個にも及ばないアリシアの苦痛なんて、何ものでもないはずだ。


そんな銀河はクソだ。

アリシアの苦痛が何ものでもない銀河なんて、アリシアにとって何ものでもない。

寝たか、とアリシアは闇の中で弟に訊く。

おい、寝たか。

彼はアリシアと同じく、頭と背中と腹と指が腫れているはずだ。殴られたあとはいつもより体が熱っぽく、そんな体を布団に押しこんで夜をやり過ごす。殴られた筋肉がしびれ、腹で呼吸できないので胸で息をしようとするため、息が浅くなり、胸が詰まっているはずだ。頬を打たれたときまともに舌を嚙んでいたら、今ごろ、切れたところが奥歯に触れて痛く、血の味がしているはずだ。暗くて見えないが、布団が敷かれた周囲にはいろんなものの残骸が散らばっているはずだ。アリシアの母が破ってくしゃくしゃにして投げ捨てた本と、物たちが。

そんなことは何でもないと言うものがいたらサイテーだ。

もしも銀河が現れてそう言ったら、サイテーにサイアクな銀河だ。

あたし、夢見た。

アリシアの母が言う。汗に濡れた髪の毛がこめかみに貼りついている。

どっかで蚊が鳴いてんだよやたらと、ウィーッてやたらと鳴いてうるさいのに、どこにもいないんだよその蚊が、音は聞こえるし鼻もかゆいのにさ、それでそいつがあたしのふくらはぎにぴたっと止まって、ピシャッと叩いても落ちないじゃないのさ？　ピシャンピシャンってひっぱたいてんのに？　そしたらそいつがこんどは、ウィーッて鳴きながらあたしの肉ん中にめりこんでくるんだよ！　ウィーッて鳴きながら、あたしの脚に！　ふくらはぎに穴あけちゃって、その穴ん中に何がいるか見てみたら、おまえとあいつじゃないの、ひっぱりだそうとして穴に指を入れたら、こんどは指を食うのよ？　ウィーッて言いながら指食ってってって、全部食っちゃっておまえらだけ残ったの。え？　おまえらだけが残ったんだよ。え？　そんな目にあってあたしが怒らないと思う、怒ると思う？　怒る。

じゃあ数えてな、と彼女が言い、アリシアと彼の弟は数えはじめる。一つ数え、二つ数え、三つ数え、四つ数え、五つ数え、六つ、七つ、八つ、九つ数え、十を過ぎたら忘れてしまった。

数えないの？　とアリシアの母が言う。

数えなって言っただろ？　数えなって言ったのに何で数えないんだよ、何発くらったかも数えられないの、忘れちまったの、それくらいの頭もない畜生なのかい、忘れちまったんならもう一回やってあげようか？　悪いのは忘れちまったおまえの方なんだから、はじめっからもう一回やればいいよね、数えな、頭からしっぽまで、一、二、三、四、五、六、七、八、九、十、クサレ、オメコ、十二、十三、四、五、六、七、八、つぎは何だい、え？　つぎは？

アリシアの母がけものをせっかんする。クサレオメコ化した彼女が、自分が所有するけものの頭の骨からしっぽの骨までに力をふるう。けものにむかって腕を振り回すとき、彼女は関節を肩のうしろまでそらしていっぱいに力をこめる。肩をわしづかみにするときは親指で鎖骨をえぐるようにし、腹を殴るときには不意をつき、けものの姿勢を正すときには頭のてっぺんにつき出した毛をつかんでひっぱる。耳をつねり、ほっぺたを張り倒し、とんでもない方にはずれて指をくじくとアッと声を上げて倒れるが、がばっと立ち上がるとけものの首をつかんで揺さぶる。殴る方も殴られる方も嘔吐しながらの時間であり、そんなとき彼女の黒い目は鉄の球みたいに小さく固い。汗のたまった薄いあごが食いしばりすぎたために割れそうで、耳はまっさおだ。彼女の怒りを吸いこんでつやつや、しんなりした服の裾から、焼けつくような肌の匂いがする。

　アリシアの年とった父はどこかへ行っているはずだ。

　アリシアの母が自分のけものたちをせっかんしているあいだ、彼は一、二度近くまで来て、やめろ、子どもにそんなことをするなと止めるが、あるときにスッと消える。彼は静かになったあとで戻ってくるはずだ。酒の匂いをさせ、一人言を言ったり、テレビをつけたままでアリシアやアリシアの弟より先に疲れて眠るはずだ。彼は彼女と戦わない。戦っても負けるだろう。彼が年寄りで彼女が若いからというより、クサレオメコと戦うという発想自体がないからだ。クサレオメコはクサレオメコであるかぎり、だれよりも強い。無敵だ。彼女が、自分だってどこかへ行けたはずなのにと言う。なのに、と言いながらアリシアの弟の頭を指で突く。生まれるとき鉗子にはさまれて洋梨みたいなでこぼこができた額を小突きながら、このできそこないの石頭をひっぱり出すときにあたしの下が裂けちゃったんだよと、言う。どんなに痛いかわかる？　母ちゃんの辛さを知ってんのか、知らないのか、このクズども、答えてみな、あたしの体はダメにされちゃったんだよ、おまえらの石頭のせいで何もかもおしまいだよ。最初はおまえ、次におまえを産んであたしは子宮が台無しだ、女がこんな体にされちまっちゃね、こんな体にさえなってなければとっくにどっか行ってたのに。もっといいところ、もっとお金のある、もっとにぎやかなところに行って大事にされて暮らしていたはずなのにさ、え？　と彼女が言う。子宮が、と憎々しく言う。そんなものが自分にだって、あったのよと、言う。

子宮。

子どもが育つところだ。女たちはそこから血が出てくるんだとコミが言う。前にくず屋の主人と暮らしていた女が、赤く染まった布を湯沸かしに浸けていたことがあると彼が言う。煮て洗うと、血のしみが落ちるんだって。

女ってそうなんだって。

うわ。

汚ねーな。

気持ち悪いよ、とつけ加えてコミが一回くるっと回る。コミの下半身をおおったプリーツスカートがパッと開いて元に戻る。コミは珍しそうにそれを見おろしていたが、また一回転する。もう一度、またもう一度回っては頭をそらし、口を開けたままでぐるぐる回り続ける。時計回りに回り、つぎに反対に回りだすと、スカートの裾が朝顔のように一方向にめくれ上がって元に戻る。古い繊維の匂いがする。アリシアは膝に雑誌をのせてのぞきこみながら、目が回るからもうやめろと言う。めまいなんかしないよとコミが言う。こうやって一か所だけ見てれば、目は回らないんだ、それにほら、こうやるとさ……こうやると……ほら、スカートが開くぞ、開くぞ、開くぞ……と言ってコミはぺたんと座りこむ。がらくたが散らばった床につっぷして息をはずませる。

アリシアがアマゾンのどこかで発見されたという先住民に関する記事を読む。五人の構成員が残っているというその先住民は、かんたんには入りこめない密林を移動しながら暮らしており、最近になってようやく世の中に知られるようになった。密林で彼らを見つけたのは、非常に珍しい植物を研究している研究チームだ。彼らが撮った三枚の写真が雑誌に載っていた。いつでも捨てて立ち去れるように木の枝を使い、かんたんに縛って作った住居には、火の気はなさそうに見える。どことなく骨格が似かよっている先住民たちの顔と目は赤い。部族長らしい人が、写真をのぞきこんでいる人の方へ興味深そうに顔を寄せているが、写真の外に半分くらい出ている彼の腕は子どものもののように細くて平べったい。記事を書いた人は、先住民がいきなり外部と接触すると肝炎が発生するかもしれないと述べ、絶滅を心配することばで記事をしめくくっていた。

アリシアが雑誌をめくって日付を確認する。十年前の夏に出た雑誌だ。この先住民は、いるだろうか。アマゾンのどこかでまだ生きているだろうか。木の枝と木の葉を使って軽い家を建てては壊しながら、今でも密林をさすらっているだろうか。もう絶滅したなら、彼らの骨はどこにあるだろう。顔の赤い人間でも骨は白いはずだ。骨は、苦く湿った土の中にちゃんと埋まっているだろうか。埋められなかった軽い骨たちはどうなったか。けものが持っていって食べただろうか。サルが食べ、トカゲが食べただろうか。アリシアはあざのできた手で十年前のページをめくる。彼の腕には、赤い手や黄色い手で握られたために染まったみたいな、赤や黄色のあざがある。コミがつっぷしたまま腕を伸ばしてアリシアのひじを触る。自分の指を広げ、三本の細い指の跡に当ててみて、離し、また当て、コミが言う。

通報しろ。

だれを。

通報して、罰してやれ。

だれを。

母ちゃんを。

通報したら死ぬかな。

死ぬだろ。

そうか。

やるか?

んー、と答えてアリシアがページをめくる。夕日の中で影になり、傾いて見える文字を読む。もう少したったら太陽が完全に沈むだろうし、この部屋に電気をつけなくてはならないはずだ。窓の位置が高すぎ、また幅も狭いので、もうかなり暗い。光の中でハエが飛び、茶色の羽を震わせている。体を反転させて胸に手をのせ、ぼんやりと天井を見ていたコミが言う。

でなきゃ、家を出るとか。

どこへ。

どこでも。

できるかな。

助けを求めるとか。

だれに、と訊くと姉さんも兄さんもいるじゃないかという返事が返ってくる。姉と兄。

それは前妻の子どもたちだ。若いときに死んだ女の子どもたち。アリシアは彼らを他人だと思っている。アリシアの父の親兄弟とは違う。それはたぶん、彼らが死んだ女に似ているからだろう。体が大きく、目が垂れている。彼らの母親がそうで、彼らは母に似たのだろう。嫌だ。あまり話をしたこともない、他人同然の人たちだ。アリシアがそう言うとコミはちょっと考えてみて、その町のどっかにハンバーガー屋もあるだろ、と訊く。

あるだろうな。

じゃ、それ食べに行って、ついでに電話一本すればいい。

アリシアとコミが持っている金を床に置いて数える。アリシアは硬貨、コミは硬貨をもっとたくさんとお札も持っている。ハンバーガーが食べられる。アリシアはコミが鏡の前でくせっ毛にくしを入れ終わるのを待って、いっしょに玄関を出る。くず屋の主人は店のすみでガラスびんとペットボトルを仕分けしている。アリシアとコミは彼が呼び止める前に庭を駆け抜けて外へ飛び出す。それだけのことなのに、重大な関門を通過したみたいにうきうきして、楽しい。アリシアの弟は日なたに寝ている猫のおなかを木の枝でひっかいていたが、枝を放り出してついてくる。

兄ちゃんどこ行く。

帰れ。

ぼくも行く、兄ちゃん。

コモリを抜けるまでは互いの尻を足で蹴りながら行く。空き地にさしかかる。歩道もないので、路肩を歩いているあいだは行き来する車のスピードと音に圧倒され、一列になっておとなしく歩き、暴風に吹きまくられる三枚の鳥の羽根のようにぐしゃぐしゃになるが、空き地を通り過ぎたあとはまたわーわーバカ騒ぎをしながら歩いていく。歩道を行く人たちのあいだで叫んだり、急に走りだして息がきれたらまた歩き、それからまた走る。軽くて透明なものになったような気持ちで、人々のあいだを突破していく。めったやたらに何にでもぶつかりながら走り、足のあいだをくぐり、頭の上を飛び越え、透明に貫通していく。こんなふうに走ることは楽しい。勇気百倍だ。すべてが順調だ。一歩一歩が順調で、すっかり勇気を得て、これはハンバーガー・ツアーだよと名づける。ハンバーガーと姉さん兄さんツアー。姉さん兄さんにも会い、ハンバーガーも食べるんだから。豊かな風味で口がいっぱいになる。マヨネーズはいい匂いだし、パンは甘く、レタスは新鮮で、姉さん兄さんは親切にしてくれるはずだ。アリシアが姉さんと兄さんにすべてを話す。彼らはアリシアといっしょに憤慨して、あれはクサレオメコ女だと言ってくれるはずだ。アリシアとアリシアの弟を連れていき、彼らのそばに安全なねどこを用意してくれるはずだ。アリシアは公衆電話ボックスにスッと入りこみ、電話機にお金を入れ、信号音が伝わってくるのを待つ。

シーッ。

お金がカチャンと落ち、アリシアの腹違いの姉が出て、もしもしと言う瞬間。

……

もしもし。

……

もしもし？

ぼくです。

だれ？

ぼくです。

……

……

何の用。

……

お父さんが倒れたの。

違います。

……

……

家は完成したの。

……

……

……

なんで電話したの。

……

……

……

言いなさい。

……

言いなさいって。

アリシアは、自分でもバカみたいだと感じる。バカみたいだ。ほんとにバカだ。このバカは一言もものが言えない。言わなくてもバカみたいだし、言ってもバカだ。それより、何て言えばよかったのか。言えることがない。言ってやるぞと思って勇気をふるってここまでやってきたが、いざ言おうとしてみると、あるのはそれだけだ。

言ってやるぞという思いだけだ。

言ってやる、言ってやる。俺がそのことを言ってやる。そのことを、姉さんが知ってること、知らないこと、知ろうとしないそのことを。そのことを、そのことを、そのことを――でもそれを言ってやったら姉さんが優しくしてくれるのか。親切にしてくれるのか。そのことを言ったら。その、ことを。

くやしい。くやしくて涙が出るが、涙が出たらもっとバカみたいだから泣けない。

黙って受話器を戻し、電話を切る。

何だって。

姉ちゃん、何て。

アリシアの弟とコミがうしろから訊く。アリシアは残った硬貨をまさぐってからまた受話器をとる。お金を入れて待ち、兄さんの電話番号を押す。彼が電話に出たらこんどこそ言ってやる。おまえはクサレオメコみたいな奴だと言ってやる。おまえはクソだと、言ってやる。呼び出し音が聞こえているあいだ、硬貨で電話機をひっかきながら、丸い平たいボタンを押してみる。彼は電話に出ない。番号が違うのかもしれない。アリシアが電話を切ってボックスの外に出る。空気が冷たい。アリシアの連れが少し離れたところからいらだったように見ている。アリシアは姉や兄の家に行くこともできる。行ったことがあるから、行こうと思えばいくらでも行ける。父と母といっしょに行ったのだが、一人でも行けるはずだ。そのとき乗ったバスの番号も、停留所も憶えている。停留所で降りて、大きな菓子屋のある通りを上っていき、赤いかたつむりの形の滑り台がある幼稚園の庭に沿って右側の路地に入るとその家に着く。触ると何かべたべたしたものが手につく黒い門があり、階段があり、古い植木鉢が置かれたベランダがあるはずで、すりガラスの入った玄関のドアのわきで、外壁についたボイラーがブンブン稼働しているはずだ。兄さんがそこにいるはずだ。

何年か前にいたのだから、今もそこにいるはずだ。

兄ちゃん。

心配そうにアリシアを見ている弟の顔のうしろに一つ二つ明かりが灯る。きらっ、きらっと化粧品、ビール、カフェ、うなぎ屋、炭火焼肉、カラオケ、うなぎ屋、指定代理店、その他、その他、クサレオメコ、その他。日が暮れた。アリシアは突然、寒々しい場所にいることに気づく。何もないし、だれもいない。アリシアはこの町のだれよりも、できそこないだ。

このまま帰るぞと言うと、アリシアの弟ががっかりして肩を落とす。ハンバーガーは？ハンバーガーは？　アリシアがすぐに背を向けて歩き出すと、彼は、ねえ、と叫ぶ。兄ちゃん、ハンバーガー。

コモリに帰るぞ。

暗い路肩を歩き、野原を通過してコモリに入る。アリシアが先頭に立ち、コミが続き、アリシアの弟が続く。畦道に犬が寝そべっている。腹がぱんぱんにふくれ、四本の短い足が空に向かって突き上がっている。

おなかすいた。

……

兄ちゃん。

……

兄ちゃん。

……

腹減ったよ、バカ。

アリシアは彼に背を向ける。街灯の下、アリシアの弟がうつむいて立っている。ほこりで顔が白っぽく浮き上がって見え、ほっぺたには涙の跡がある。
ぼく腹減った。
おまえ今、何て言った。
ハンバーガー食べるって言ったのに。
何て言ったんだよ今。
兄ちゃんのせいで食べられなかったじゃないか。
もういい。
腹減ったのに。
もういい、バカ。
……
くたばれ、このできそこない。
……
くたばれよ。
できそこないじゃない。
何？
ぼくできそこないじゃないんだってばこのバカ野郎、と叫びながら彼がアリシアめがけて飛びかかる。アリシアは彼の黒い髪がひとかたまりになってゲンコツみたいに襲いかかってくるのを見る。とっさにそれを横に押しのける。その力に押されてよろめき、弟はうずくまる。アリシアは彼がすさまじい声で泣きわめくはずだと思うが、彼はすぐさま立ち上がってとびかかってくる。拳を振り回し、めったやたらに蹴りつけ、ふくらはぎを狙い、頭突きする。頭のてっぺんまで真っ赤にして何度でも肉迫戦を挑む。アリシアはめんくらい、弟を押しのけ、振り払うが、とうとう腹を殴られてこの野郎を殺してしまいたいと思う。殺してやるぞと思う。歯をくいしばり、とびかかってくるその野郎をひっつかまえ、いっしょに地面を転がる。この野郎、この野郎と言いながらその野郎と同じように拳を振り回し、蹴りを入れるが、あんまりぴったりくっついているから二人とも宙を蹴るほうが多い。爪であごをひどくひっかかれて、弟をはがいじめにする。彼がもう身動きできないよう、背中を抱きしめて全部の指をしっかりと組む。アリシアの弟は押さえこまれて手足をばたつかせ、だんだん静かになる。あごと首を押さえつけている彼の頭から、しょっぱい匂いがする。彼が息をするたびアリシアの腹が押される。何度も押されるうちにだんだん腹が減ってきたような気がして、アリシアは脱力して吹き出す。何千ものしわが腹の中で広がったり縮んだりをくり返し、どこかのひだにあいた穴から風が漏れるようにくすぐったい。別におかしくないのに、ひどい笑いが襲ってきてこらえきれない。

道端に立ってじっと見ていたコミが、行こう、と言って歩き出す。

アリシアの弟が立ち上がり、頭をまっすぐにする。何でもないというように髪をなであげるが、街灯の明かりの中でも頬と耳が赤くなっていることがわかる。おい、と呼ぶ声にも答えず、彼は歩いていく。

痛いか。

頭に手をのせると、キッとはねのけて歩いていく。

おい。

……

お話してやろうか。

……

おい。

アリシアがにやにや笑いながらそのあとをついていく。街灯の明かりから外れて暗闇の中に入ると、もう私は彼らのうしろ姿を見失い、夜の中に取り残される。

＊

初雪が降る前に老人の家は完成する。

小さな玄関がある単純な作りで、一階、二階、三階とあり、裏庭は煉瓦塀も植えこみもなく放置されている。庭のすみにケージが置かれ、コンテナに保管しておいた荷物が新しい家に運びこまれた。老人の釣り用の椅子とテレビ、服を入れた箱、その他の包みがコンテナから新しい家に移される。アリシアとアリシアの弟は霜が降りた庭に立ってそのようすを見守る。アリシアは冷えた手をポケットに入れて、かかとをずるずる引きずって歩き回り、霜におおわれた地面に楕円を描く。庭を一回りして円が閉じる直前、巨大な尾びれを描いて水中生物にする。鯨になる。ネ球から滑り落ちた鯨だ。ネ球から脱出した鯨。こっちを見まいと努めている弟に知らん顔をして、ずんずん描いていく。

老人が各階の部屋を回って仕上げを点検する。一階には自分たちが、二階には長女夫婦、三階には長男夫婦が住むはずだ。交通が不便でも辺鄙でも、この家で何年か我慢すればそれぞれに得るものは大きい。老父はアリシアの姉と兄に電話をする。元気いっぱいに、家ができたぞ、準備万端だ、体だけで来いという短い電話をかけて、蒸し鶏を食う。アリシアとアリシアの弟も鶏を一羽ずつもらう。アリシアが器に盛られた蒸し鶏をにらむ。熱で溶け出した脂でつやつやの毛穴と、黄色いスープに浸っている筋肉、固く煮詰まって長さが縮んだように見える首を見る。アリシアは食べたくない。アリシアの母が自分で鶏の足を縛り、腹を裂き、餅米を詰め、高麗人参とナツメを入れ、太い糸で腹をしっかり縫ったのだろう。アリシアの首を絞め、皮膚をむしりとったのと同じ手で。

アリシアが食べずに黙って座っていると、彼女はその鶏をつまんで自分の器に移す。自分の鶏を食べた上にアリシアの鶏を載せて食べる。肉ひとかけも残さずきれいにたいらげ、骨を器の横にきちんと吐き出しておく。首の骨から尾の骨まで、彼女が残した白い骨は、組み立て式のおもちゃみたいに見える。やろうとすればだれでも、あの骨で鶏一羽の骨格を復元できそうだ。あんなふうにけものの肉を食べるやり方は、彼女がクサレオメコであることとどこか似ていると、アリシアは感じる。

老人は蒸し鶏が消化されるあいだ、テレビをつけてニュースを見る。アフリカのどこかで四十年間圧政を布いてきた独裁者が反乱軍に捕まり、死を迎える瞬間だ。憤怒した市民たちと反乱軍に追われ、下水溝に避難していた彼はマンホールから外へ引きずりだされたあと、おどおどしたようすで人々に取り囲まれていたが、だれかが撃った銃に当たった。彼の独裁下にあった人々が、あごが歪み、腕に穴があき、脊椎が砕けて腹の形が不自然によじれた彼の死体を地面に置いて記念撮影をする。死の直前の彼のようすがまた放映される。血のしたたる袋のような裸体を引きずり回して歓呼していた市民がカメラに向かって笑うと、老人がハハハと笑う。

アリシアが犬の動く音を聞く。

子犬が育つにつれて、母犬は不安になるはずだ。そろそろ食べごろなのに食われないいまだから、かえって不安になり、いっそ自分が食ってしまいたいと思うかもしれない。犬が足の爪でケージをひっかく。壁が厚いので音が遠い。アリシアは外から聞こえてくる音に耳を傾ける。弟は眠った。すぐそばで彼の寝息が聞こえる。

今夜は寒いはずだ。

昼に描いておいた鯨の上に、また霜が降りているはずだ。

しばらく目を閉じた瞬間、それが見える。ネ球を脱出し、深海めざして潜っていく鯨。それを追っていく。深海は暗くてたまらず、すぐうしろをついていこうとしても鯨が完全には見えない。瞬間瞬間に見える白っぽい背中と尾を目当てについていくだけだ。長く、重たい脊椎運動でひとかきひとかき水をくぐっていく鯨について、だんだんと下りてゆく。鯨のひれが起こす巨大な波に影響を受けることもなく、重く真っ黒な水の圧迫感をそのまま感じながら、雪のように飛ぶプランクトンその他の残骸、白く点々とした浮遊物に肌を撫でられながら、しきりに下りてゆく。下りて、下りて、下りてゆく。こうやって下りていったらどこに、何に、たどりつくのか。

静かだ。

おい。

……

おい。

……

寝たのか。

むきだしの壁面に声がぶつかって戻ってくる。新しい家の壁はまだ乾いていない。コンテナよりも前の家よりも固いが、もろい、その壁に囲まれて、アリシアはさらに、さらに、クサレオメコに肉迫しようと身がまえる。

外

あたし、夢見た。

と、アリシアの母が言う。

小さい村の夢だよ。桃のお酒で有名な村だっていうんだけどね？　その村で子どもたちが誘拐されるんだ。そこにおまえとあいつがいるの。それでなくてもガキどもがいっぱいいて、頭も体も小さい人間たちが、狭い部屋にとじこめられてんだよ。

おまえたちは、食べものも薬もないところにただとじこめられてる。気持ち悪いよ、まっ黒な汚い頭をずーっと窓の方に向けて、まばたきしながらただ生きてるだけなんだから。食べものがなくて死ぬこともあるし、薬がないから死ぬこともある。それでどうなったと思う？　おまえとあいつが、その部屋を抜け出そうとして、脱出しようとして、生きのびようとしたんだよ。うまくいくと思う？　おまえはつかまってあいつもつかまって、他のガキもつかまってさ、それぞれ別々にひっぱっていかれて、そのあと何日も何か月もお互いどうなったかわからない。おまえはあいつが生きてるのか死んでるのかもわからない。あいつもおまえが生きてるんだか死んでるんだか知らないんだ。子どもはしょっちゅういなくなるけどこの村は桃のお酒で有名だから、観光客がいっぱい来るだろ？　桃のお酒を飲んで百年も二百年もクソ元気に長寿を楽しみましょうみたいなこと言って、観光客がめっちゃ、来てんの、そんな日にだよ、そんなお祭りの日、村の小川に沿って屋台が並んで色とりどりのちょうちんがぶら下がって、チョゴリを着た人たちが踊る日、赤や黄色や青のちょうちんの下で食べて飲んで踊ってああ楽しい、ああ楽しい！　っていう日にさ、死体が発見されちゃうんだよ？　体の一部が、小さい足やなんかがね。それでどうなったと思う？　祭りは中止、捜索が始まって、殺人犯が見つかるだろ？　そいつが縄で縛られて出てきて、観光客が見に集まってくるの。ガタイのいい、肌の白い人間だよ。見た目は小麦粉の生地でへたくそに作ったパン菓子みたいなんだけど、びっくりするじゃないかそれがおまえなんだから。聞いてるかい、このできそこない。それがおまえなんだよ、え？　さて、それでおまえは、えらく間抜けなツラをさらして、現場に集まった人たちを見回してるんだよ。おまえが、自分が殺した子どもたちを隠した場所を教える。水の中だよ。おまえはそれを袋に入れてロープで口を締めて、水中に沈めておいたんだ。さあ、みんながロープをひっぱるよ？　体を入れといた袋が小川から上がってくるんだ。見てごらん、ロープ一本に一つずつだ。足が入ってたり、手が入ってたり、頭が入ってたりする袋が一個ずつだよ。なんてまあいっぱいあるんだろ、それで最後にいちばん大きいかたまりが水中から上がってくるんだよ。だれかが中に入ったものを確認しようとして袋を破るだろ？　水が流れ出てくるだろ？　中にあるものも流れ出てくるだろ？　手足のない体だよ、胴体だけの。おまえはそれがだれだか知ってるの。おまえが殺した体で、殺さなきゃよかったと思ってた体だ。だれだろうね？　おまえはその名前を呼ぼうとして口を開くんだ。どう、口が開くと思う？　そう思う？　でもねその名前を言おうとした瞬間、舌が消えちゃうんだよ。舌がなくなって口が閉じちゃうのさ。どうする？　さあどうする？　桃のお酒で有名なその村で、警察が、殺人犯のおまえにものさしを握らせて、体の長さを測れって命令するんだ。おまえがそれをはかるよ。うすらばかだからね。そうだろ？　びっくりするほどの集中力を発揮して、おまえは長さを測る。それから人差し指を上げて叫ぶんだ、頭からしっぽまでで三十五センチメートル！　さあ、この夢はどうなるかな？　え？

どうなると思う、この夢の終わりが？

ぼくできそこないじゃない。

アリシアの弟が言う。

鳥のヒナみたいに髪の毛をくしゃくしゃにしたまま、くず屋の庭に立っている。

アリシアが彼を見る。顔は白くてげんこつは赤い。弟が、自分はできそこないではないと何度も言う。その証拠をある場所に残してきたと言う。見に行く？　見に行く。アリシアの弟が先頭に立ち、アリシアとコミが後に続いて歩く。何日か前と同じ経路でコモリを出て、野原を過ぎ、繁華街に着く。アリシアの弟が案内して、初回のツアーよりもさらに街の中心部を目指していく。初回のツアーの折り返し地点だった電話ボックスを通り過ぎて五停留所ぐらい行ったところで、狭い歩道を右へ曲がる。ピザのチェーン店と大型家電店のあいだの暗くてじめじめした横丁に入っていく。オリーブとチーズが焼ける匂い、冷めた脂の匂い、鉛を溶かす匂い、濡れたカビの匂いがする横丁だ。アリシアの弟は立ち止まり、建物の下の方を指して、これを見ろと言う。雨水のはねで汚れた礎石に彼の名前がある。１９８３年という礎石の隅っこに、細い、鋭いものでひっかいて書いた名前だ。

アリシアとコミはそれを確認する。

弟が、自分は一人でここまで来たと話す。

一人で路肩を歩き、野原を通過したと。アリシアはそのことについて考えてみる。一時間はかかったはずだ。滑走路のように広く長く続く道路を走るトラックやバスは、襲いかかるような勢いで彼のそばをすり抜けていったはずだ。繁華街に向かう大勢の人たちの間を歩くにはまた別の勇気が必要だったはずだし、とうとうこの路地に着いて名前を刻みつけたあとは、また一人で来た道を戻ったのだ。小さな寂しい英雄のように、ズボンのポケットに手を入れ、十車線道路の端っこを往復ともひたすら歩いたのだ。彼は頭を振って額に垂れ下がった髪を払い、ここまで来る途中、少しも怖くなかったと言う。もうわかっただろ。

ぼくできそこないじゃない。

わかった。

おまえはできそこないじゃないよとアリシアが答える。

おまえをできそこないって言う奴がいたらそいつが悪いんだし、そいつがほんとの、できそこないだ。アリシアの弟がそれを聞いてうなずく。顔を赤くして言う。じゃ。

ハンバーガー食べようよ。

*

アリシアがいちょうの木に止まったセミを見る。手が届くところの幹にくっついて、力強く茶褐色の腹を震わせている。アリシアはそれをつかまえようと、いちょうの木の下のやぶに足を踏み入れる。やぶは犬たちの墓だ。ぼろぼろになった骨と、今でもじゅくじゅくしているかもしれない頭蓋骨と、その中の小さな寂しさ。そんなものが埋まっているのだ。アリシアはそれらの上に注意深く足をのせ、セミにむかって背伸びする。ぎりぎりで届かない。木の幹にぴったり体をくっつけてもう一度、こんどは力いっぱい腕を伸ばしてみる。足元で何かが折れる。セミがそれを聞きつけてパッと鳴きやむ。

君は、どこまで来ているかな。

君に、アリシアの季節のことを話したい。春夏秋冬、幻灯機みたいに回り続けている四季について。アリシアにとって四季とは、クサレオメコが子どもたちのあとをずかずか追い、子どもたちが老人のあとを追い、老人がクサレオメコのあとをこそこそと追うことだ。壁の上をいつまでもぐるぐる回る影のようにそれがくり返される。このところアリシアの母はアリシアに清潔な服を着せて、どれくらい汚すか監視している。いつでも好きなときに袖や襟を裏返して、汚れがあるかどうか確認する。つまり服の汚れが触媒になるのだが、どの程度なら安全範囲なのか想像もつかない、不安定な触媒だ。しょうゆ一たらし程度なら大丈夫なときもあるが、別の日にはそれと同じくらいの汚れでも即刻クサレオメコになるからだ。となると、無理やり着せられているこの清潔な服は、クサレオメコの皮膚のようなものだ。襟がこすれるので首にブツブツができる。アリシアがそれをかきながら、父のうしろ姿を見る。

彼は気分がよくなさそうに壁の前に立っている。手をうしろに組み、濡れた壁を眺めている。この家の内壁はひっきりなしに結露するので、茶色のしみがしおれた大きな花のように壁をおおっている。だれも住んでなくて、嘘の居住証明をするために荷物をいくつか入れてある上の階はもっとひどい状態だ。ちょっとでもましな補償金をもらうために建てただけで結局壊す家ではあるが、それにしてもいいかげんな仕事だと、老人は不平を言う。彼はこうやって壁を見ながら立ちつくしたすえ、夜になると晩酌をやり、長男と長女に電話する。明日にでもざっと荷物をまとめて新しい家に来いと言うが、彼らはそんな必要はないと固く拒絶する。老人はがっかりして電話を切ったあと、あいつらがここに住まずに部屋を空けておくから結露するんだと言う。また別の日には、結露するからあいつらが住みたがらないとこぼす。そして日が変わるとまた壁の前に立ち、夜になると電話する。

　アリシアとアリシアの弟がこっそり上の階に上がり、天井を仰ぎ見る。不思議な形に凝《こご》った水のしずくを見る。しずくは一定の間隔で凝っている。小さなしずくが集まってもっと大きなしずくになる。アリシアとアリシアの弟は、しずくが大きくなっていくところを観察する。一晩じゅうかけて大きくなったしずくがピンポン玉の半分くらいの大きさになったのを確認すると、椅子に上って木の枝でそれをつつく。木の枝を伝って、どことなく粘り気があるように感じられる水が腕まで流れ落ち、そうなるとアリシアの弟がいやがるふりをしながら喜ぶ。

　コモリで妙に人が増えている。アリシアの父がやったように、古い家を壊してその場所へドアが八個もついたコンクリートの家を建てる人もいるし、郵便受けが六個もついたマンションも二棟建った。一軒だったところが三世帯、四世帯になったのだから、住民はかなり増えたはずだが、増えたはずの人たちとは会うことがあまりなく、前と変わらずここは静かだ。

セメントを積んだダンプカーがほこりを巻き上げて走っていく。何組ものワイドタイヤでコモリの狭い道をけなげに滑らぬように、下水処理場の方へと。アリシアとコミが、たった今トラックが通り過ぎた道を歩いてボタン工場の前を通り過ぎる。ボタン工場は、不織布で何重にもおおわれたビニールハウス形の仮設建物だ。以前はその中で人々がボタンを作っていた。道路からボタン工場へ入る短い進入路には古い湿った不織布が敷いてあり、ボタンをくりぬいた後の貝殻が穴のあいたまま不織布に縫いつけられている。工場はずっと前に閉鎖され、ボタンを作っていた人たちもどこかへ行ってしまったのだが、コモリの人たちはまだそこをボタン工場と呼ぶ。

ボタン工場のドアが開き、知らない少年が外に出てくる。目が細く髪の毛が赤い。アリシアとコミは彼を見て立ち止まる。アリシアが彼を思い出す。同じクラスだった子だ。彼はズボンのポケットに手を入れてきょろきょろ見回したあと、アリシアにむかって言う。

おまえら、ここに住んでんの。

……

何なんだこの町。

……

なんでこんなになんにもねーの？　変な町だな。

アリシアとコミは彼を無視して歩き続ける。少年が、ゲームをするかとうしろから訊く。どこで？　ここで。ここって？　ここ。俺、今ここに住んでんだと言って少年が指さすのは他でもないボタン工場だ。どうするか。アリシアとコミはためらうが、彼についてボタン工場に入っていく。板を釘で打ちつけてずっと閉鎖されていたボタン工場のドアが開く。それだけでも興味があるが、ボタン工場の中はもっとおもしろい。ピアノ、ソファー、ベッド、マットレス、大木の切り株でできたテーブル。何重にも撚《よ》った木の枝で作った椅子。ガラスのドアがついた飾り棚。あちこちに家具が適当に置かれているから、家具工場の倉庫みたいだ。コンセントとコンセントをつなぐ方法で連結した電気コードが壁にかかっており、電球が果物のようにぶら下がってボタン工場をぼんやりと照らしている。天井があまり高いので光がすみずみまで届かず、家具の上に影ができている。

アリシアはドーム状に突きだした天井を仰ぎ、いつからここに住んでいるのかと少年に訊く。少年は、アリシアの予想よりずっと前からここに住んでいたと答える。アリシアとコミは家具のあいだを歩き回る。マットレスはビニールの袋に入れたまま立ててあり、テープでぐるぐる巻いたピアノがあり、飾り棚はピアノにむかって狭い道を空けるように、ツーソファーは飾り棚の裏側にむけて置いてある。飾り棚が作りだした角を回りこむと、ツードアの冷蔵庫の裏側にぶつかる行き止まりの道だ。全部、白木の床の上に置いてある。床から上ってくる湿気とカビから家具を保護するため、フローリングを敷いてあるのだ。舞台みたいだ。歩くたびに足元がビンビン響く。物たちの奇妙な配置に夢中になったコミは黙って歩き回り、飾り棚の中の人形たちや螺鈿《らでん》の箱、楊貴妃とイチゴの模様がついた皿、床に置かれた琥珀色のシャンデリアなどをいじる。

アリシアが少年の机の前に立ち、少年がゲームをするところを見物する。モニター上で展開されるゲーム画面を見る。領地を作ってエネルギーを生産し、軍隊を持ち、領地を拡大するんだと少年が説明する。領地を広げれば広げるほど、もっとたくさんのエネルギーを生産できるだろ？　何でかって？　軍隊を拡充して領地を拡大したら、拡大した領地でもっとエネルギーをいっぱい生産できるし、そのエネルギーでもっといっぱいの軍隊を持てるし、その軍隊でまた領地を増やせるからだよ、おまえ、頭、悪いのか、言ってることわかんねえか、おいそのソファー気をつけろ、本革だからな、母ちゃんが大事にしてんだ、偽革もあるのかって？　ふざけてんのか？　少年は画面をにらみながらさらに騒々しくせわしくゲームを展開し、とうとうアリシアに譲ってくれた。イライラしたようにゲームに干渉し、やがて興味をなくし、化粧台の前に座って鏡を見ているコミを見やる。それはうちの母ちゃんのスカーフだ、と少年が言う。あいつ、なんで女のものなんか首に巻いてんだ。

あいつ、ああいうの好きなのか。

うん。

ホモか。

あんなのが好きだとホモか。

ホモだろ。

じゃ、ホモなんだろ。

えい、何だよ、変な奴ばっかだな。

おまえらの町、いろいろ言われてんだろと少年が言う。

おい、とコミが鏡の前で振りむいて言う。

おまえさっきからしょっちゅう、この町、この町、おまえらの町って言うけど、おまえだってここに住んでんだろ？

え？

おまえはここに住んでないって言うのかよ。

住んでないよ。

バカ言え。じゃ、どこに住んでんだ？　おまえんちの荷物もおまえのコンピュータも、みんなここにあんじゃねーか、じゃあここは何なんだよ。

これは臨時だ。

え？

俺んちもともとここじゃないんだよ。うちの父ちゃん公務員で、ここにちょっといたら、すぐマンションに行くんだ。

何だ、それ。

ここは俺の町じゃなくておまえらの町だってことだよ。おい、それいじるなよ、放っとけ。

鏡台の方に歩いていった少年が、コミが首に巻いたスカーフをひったくる。結び目をひっぱられたせいでコミは一瞬のどが詰まり、咳こむ。

あ、何だよてめえ。

触んなよ、ホモ野郎。

俺が何でホモなんだこの野郎。

こんなことすんのはホモなんだよ、え、このクズ野郎。むかつく。

何だよ、俺が何したってんだよむかつく、このカス。

むかつくからむかつくんだよこのクズ野郎。

やめろよカス。

あーむかつくむかつく。何だよこの野郎、おまえはホモ野郎だしこいつも同じだ、おまえらペアでホモなんだろ？　クズばっかのホモ部落だ、おまえらの町。クズどうしホモどうしで遊んでな。

俺がホモかよ。

おまえもホモだろ。ホモとつきあってんだからホモだ。

おまえ知らないらしいけど、ホモって人間って意味なんだぞ、この野郎。

ホモがどうして人間なんだこのバカ、何でそうなるんだよクズ野郎。子どもも産めないのに。

意味わかんねえよクズ。

おまえこそわかんねえよホモ。

そうだよホモだ、ホモだよこの野郎、だから何だ、このカス。俺がホモでおまえはホモじゃないんだろこの野郎、ホモにもなれない野郎。このカス野郎。

やめろよクズ。

ったくもう。

ったくもうじゃねえよ。

えい、もう。
何だカス、俺たちもう行くぞ。
行けよクズ。
行くよカス。

クズ野郎。
カス野郎。
クズ野郎。
ボタン工場の進入路でコミが、戻ろうかと言う。
戻って、あいつ、締めてやろうか。
締めたいか。
うん。
じゃあ、やるか。
ああ、あのカス。
一発ずつな?
アリシアとコミがボタン工場の門の前に戻る。門は閉まっている。内側からかんぬきをかけてあるらしく、カタカタ揺れるだけで開かない。アリシアとコミは代わる代わる取っ手を握り、ゆすってみて、門の下の方を蹴とばす。開けろよ、カス、カス野郎と言って門の中に隠れた人が脅えている気配を楽しみ、開かない門をがちゃんがちゃんと押したり引いたりする。開かないからいっそう乱暴に、意気揚々と門を叩く。クサレオメコ、ホモが来たぞと叫ぶ。

夏じゅう鳴いていたセミが軽くなって地面に落ち、アリシアはそれと同じ音を夜にも聞く。ぼとん。そしてまた、ぼとん、という音が続き、めまいがするような夢を見、体が苦しい。鼓膜が引き裂かれそうで、関節がだるく、叫び声を上げて目を覚ますこともある。アリシアは育っている。腕も脚も長くなった。だがまだ、勝てない。アリシアはそう思う。クサレオメコ状態になったときの彼女にはすさまじいパワーがあるので、同じだけのパワーがない人間はだれも彼女に勝てない。

アリシアはある日、彼女が台所で釜に向かって腰をかがめているのを見る。彼女はそれを動かそうとして苦心している。彼女はアリシアを見つけ、腰を伸ばす。釜を指さし、これをどかせと言う。アリシアは重いだろうと覚悟して釜を持ち上げる。そのとき異様なことが起こる。重くない。少しも重くない。

アリシアの母が、あの上へとせかす。アリシアは釜を持って彼女が言う位置へ動かす。血に浸った自分の骨をのぞき見るようにしながら静かに自覚する。その瞬間を悟り、記憶にとどめる。

今やアリシアが彼女を観察している。丸い顔、首をおおう黒い髪、下腹が少し出た幼児体型の体、細い首と小さな足の爪、短く切った手の爪、食べるときに食べものにむかって舌を突きだすくせ、足をほとんど持ち上げず足の裏で地面をこするようにして歩く姿、犬のえさを入れたかごに残ったものをあけるようす、にんじんの皮をむき、にんじんを切り、にんじんを食べるようす、昼寝をし、化粧水を塗り、指の関節をぽきぽきいわせ、ゴミ箱をのぞきこむようす、消毒剤と洗剤を使って繊維がぼろぼろになるまでしつこくしみを落とそうとするようすを観察する。

コモリに再開発の公告が発表され、再開発組合の事務所が作られ、アリシアの父は外出が増える。彼女はそのあいだ、ナッツを食べながらテレビを見ている。お笑い番組や楽しい気持ちになるような番組ではなく、何かを告発したり人が苦しんでいる問題を扱う番組、妻が夫を裏切り、それを夫があばき、妻から金をまきあげているとか、児童虐待やゴミ屋敷、近隣に放火した人、霊にとりつかれたと主張する人々や彼らを治療してみせるという人々が出る番組を見る。音声処理された声、こっそり録音した声、ありとあらゆる不幸な声がぶつぶつ言う中で彼女はくるみをつまみあげ、くるみを割り、くるみの中身をほじくり出し、さっき取り出したくるみの中身を食べ終えてもいないのに別のくるみをつまみ、くるみを割り、くるみの中身をさらに集め、くるみを割るあいまあいまに食べながら、拳二つ分くらいになるまでくるみの中身を集め、くるみ割りは放っておいて、ひざとひざのあいだにくるみの渋皮をくっつけたまま、くるみを嚙む。これ見てるんだ、と彼女が言う。見る？　胸くその悪い目つきで、え？　見る？　と。

＊

彼女はもうアリシアより大きくない。

アリシアはもう彼女が自分より大きくないこと、ひょっとすると小さいかもしれないことを知る。肩をくっつけて並ぶ機会がないから確実に確かめる方法はないが、彼女が玄関を通るとき、玄関で靴をはこうとして立っているとき、台所で背中を向けて立っているときの頭の高さと位置を憶えておき、あとでそこに立ってみて比較観察し、それを見抜き、悟る。驚きだ。ものすごい驚きだ。もしかしたらアリシアは彼女に勝てる。

俺勝てそうだ、とアリシアはコミに話す。

制圧できるかも。

殴るのか？

殴る。

そうか。

そうなりゃ全部変わるだろ。

じゃ、殴れ。

でも気になる。

何が？

ちゃんと勝つ方法。

なんだそれ？

だって俺は勝ちたい、それも効果的に勝ちたいし、勝ち続けたいから。クサレオメコは強いんだから。むちゃくちゃ強いんだから。中途半端にかかっていったらざまないだろ。

だからちゃんと勝ちたい。存分に、思い知らせてやりたい。

そうだな、思い知らせてやれ。

だから知りたいんだ。いっぺんで勝てる方法。そして何度でも、ずーっと勝てる方法。そんな方法があるだろうから、それを絶対知りたい。

だな。

おまえどう思う。何か知らないか？

俺は知らない。ただ殴るのじゃだめなんか？

こういうことってどこに訊きゃいいんだ？

区庁に行ってみるか？

コミが言う。コミは部屋を出て、黄色い書類綴りを抱えて戻ってくる。くず屋の主人のものらしく、表紙に大きな指紋のしみがついている。コミはすばやくページをめくる。透明な封筒に入った名刺、紙類。推進委員会、診断、組合、公示時価、協議などなどの文句が書かれており、ボールペンで何か書きこんだ紙をぱらぱらめくる。コミは、資産調査を拒否すると書いた赤い証紙の入った封筒の中から、長く折ったパンフレット一枚を取り出して、それを床に広げる。区庁の広報で、電話番号と紹介文が書いてある。コミが指でパンフレットを押さえて言う。何でもお問い合わせください。ここにこう書いてあるだろ。訊いてみろよ。

うちの父ちゃんもおまえの父ちゃんも町の人たちもこのごろここに行って、何だかいろいろ、訊いてんだ。俺たちも行ってみよう。

アリシアとコミがパンフレットをたたんでポケットに入れ、区庁に行く。停留所でバスに乗り、黙って座っていき、案内放送を聞き、下車する。区庁は大規模団地の中にある古い建物だ。入り口に巨大な鏡がかかっている。鏡のまわりが暗いので、やってきた人は鏡があることに気づかず、鏡に映った自分の姿がいきなりそばに来るのを見てギョッとしてから鏡に気づく。アリシアもそうなる。びっくりだな。コミがアリシアのそばで言う。鏡に映ったロビーは暗く、広々としている。ベンチに座った人たちが順番を待っている。アリシアとコミはどうしたらいいかわからず立っていたが、他の人がするのを見て番号札をとって待つ。待ち時間は長く、たいくつだ。

一人でロビーをうろうろしてきたコミがアリシアのそばに戻ってきて、パンフレットを一枚広げて見せる。ポケットに入れてきたのとは違うもので、全ページにマンガが入っている。ここ見ろよ。各種請願、通報受付、家庭内暴力相談——家庭内暴力だって。アリシアは最後のページのマンガをのぞきこむ。目の下にしわが五本も描かれた子どもたちが疲れたようすで立っており、そのそばに、しわくちゃの洋服を着た男が両腕を上げ、片足で空中を蹴るようなかっこうで立っている。彼は怒っているか、力いっぱいジャンプしているか、たった今どこかから落っこちてきたか、伝統舞踊を踊っているみたいに見える。アリシアのクサレオメコに比べたら無邪気に思えるくらいだが、アリシアはそれをよく見て家庭内暴力という言葉を憶えておく。順番が来るとパンフレットを広げ、デスクにのせる。右から左へ書類を流していた女がパンフレットを見て、顔を上げる。彼女はよく見ようとするように両目をしかめてアリシアとコミをしばらく見てから、言う。家庭福祉課に行ってください。

家庭福祉課は一か月前に臨時庁舎に移転しました。そこへ行って担当者を訪ねてください。

アリシアとコミは担当者を訪ねていく。

大丈夫だよ。区庁の職員が教えてくれた通りに道を渡って左へ、教会が見えてくるまで歩く。曲がるところを間違ったのではないかと思うころ、テナントビルの裏に教会の塔を見つけ、とうとう臨時庁舎に着く。天気は、晴れときどき雨。担当者、家庭内暴力とキーワードを憶えてロビーに入ったときさえ、できないことがあるもんかと意気揚々だったが、がらんとしたロビー、湿気を含んだ大理石の匂いのするロビーでたちまち迷ってしまう。どこへ行けばいいのかわからない。ここには案内板も鏡もない。正面の高い壁に黒い文字盤の時計が一つかかっているだけだ。警備員が時計の下に立ち、こっちをじっと見る。その人が近づいてきて何か訊かれる前に、アリシアとコミは急いでエレベーターに乗る。

何階だ？

どこでもいいから押せ。

エレベーターが四階で止まり、アリシアとコミは壁と床が白くてぴかぴか光る廊下に出る。廊下の両側に幅の狭いドアがたくさんあるが、全部閉まっている。アリシアとコミは右と左に分かれてドアをよく見、中の一つを選ぶ。家庭福祉、女性福祉と書かれた小さな紙がドアの上の方についている。それを見ながらためらう。さあ、どうするか。ノックしようか。ノックしてもいいのか。ノックしろ。ノックして待つがだれも返事をしない。たぶん外出しているんだろうと思ってドアを開ける。パーテーションで整理された事務室に人々がうつむいて座っている。こんなにたくさんの人々がこんなに静かに座っている光景を見るのははじめてだ。びっくりだとアリシアは思いながら、熱帯植物の鉢の横で待つ。紺色のネクタイを締めた男が書類を持って席から立ち上がり、彼らを見る。彼が何の用でいらしたかと訊く。アリシアとコミがお互いを見やる。

ふくしかに来ました。

福祉課はここです。

ぼくたちたんとうしゃに会いたいです。かていないぼうりょくなんです。

はい？

たんとうしゃに。かていないぼうりょくで。

男があわてたようすであたりをきょろきょろと見、とにかく入れと言う。アリシアとコミは奥の方へ案内される。オフィスの中が急にうるさくなった理由を確かめようとして顔を上げている人々の脇を通り、パーテーションとパーテーションの間に置かれた、丸テーブルの前に。八人ぐらいが丸くなって座れる大きなテーブルにメモ用紙と紙コップが置いてある。二人をそこへ案内した男が座れと言うが、アリシアとコミは座らない。彼はちょっとだけ待てと言ったあと、担当者が、うちの担当者がと一人言を言いながら担当者を探してあちこち歩き回る。テーブルに置かれた紙コップのふちに茶色のしみがついている。コミが声を殺してテレビの方を振り向き、どこかの洪水のニュースを伝えている画面に気をとられて立っている。おい、とアリシアがささやく。

帰ろうか。

何で？

ソンしそうだし。

何で？

ソンケー語、使うから。

何だそれ。

何か、そんな感じ。

男が、彼と同じくらいあわてたようすの若い女を連れて戻ってきて、ここには担当者がいないと言う。ここはカウンセリングを行う場所ではなく行政上の業務を行うところなので、つまりえーと行政的な部分を処理するところなので、カウンセリングは民間機関に任せており、必要なら電話番号を教えてあげるとつけ加える。必要かって？　必要だと、アリシアとコミが答える。女が自分のデスクに戻り、メモ用紙やノートをめくって電話番号を探すがなかなか見つからない。アリシアとコミはテーブルのそばで、すさまじい勢いで自分のデスクをひっかきまわす彼女を見守る。人々がこの騒ぎをよく見ようとしてパーテーションごしに顔を上げてはおろすのを見守り、彼女がついにメモを見つけ出し、耳まで赤くして新しいメモ用紙に電話番号と住所を書き写すのを見守る。


担当者を訪ねていく。

ここまで来たのだからと、粘り強く七〇八一号を探し出す。相談センターは臨時庁舎から二ブロック離れた通りの巨大なオフィス併設型マンションにある。壁に貼ってある案内図を見て、相談センターと書かれた名札を探し出し、何階の何号室かを確かめたあと、エレベーターに乗る。長く、暗い廊下でアリシアがためらいを見せると、コミが先にドアをノックする。返事がない。二回目のノックにも返事がなく、戻ろうとした瞬間、髪を短く刈った男がドアを開けて顔をつき出す。彼はノブをつかんだままでアリシアとコミを確認したあと、ドアの外へ頭を出して廊下をうかがい、訪問者たちに訊く。君たち、カウンセリングですか?

はい。

私、今、出ようとしてたんだけどね……

……

でもまあ入んなさい。入って。

アリシアとコミはヨーグルト色のラグが敷かれた玄関にはきものを脱いで相談室に入る。アリシアはここに入ると同時に出ていきたくなる。座れと言われたのでいったん座るが、この空間を適当に装飾しているものたち、とりあえず置かれているものたち、普通の家みたいな匂いは、来ちゃいけないところ――例えば他人の家に来てしまったような気持ちにさせる。下の方の段が歪んだブラインド、大きな栗色の机、厚いガラス板の下にはめこんだ告知書と世界地図、水仙のプランター、家族の写真を入れた額、指紋だらけの黒い電話機。キルティングの布でカバーしたティッシュの箱、ハンドクリーム、バニラの香り、そして相談者の尻と背中に押され続けてぼこんとへこんだ革の椅子。机の上には食べ残しのパンとバターを載せた皿が置いてある。失礼、と言って彼が皿をどこかへ持っていき、ティッシュで指を拭きながら戻ってきて、すっぽりと埋もれるように椅子に座る。さあ、と机のむこうから彼が言う。始めましょう。

凶器を用いますか、と彼が訊く。
アリシアはよく考えてみて答える。
いいえ。
縛ったり、監禁しますか。
いいえ。
……
ただ殴ります。
ただ殴る、と彼はカウンセリング日誌にボールペンで書く。
もっと話してください。
もっと言えと彼が言い、アリシアはもっと言う。

クサレオメコなんです。

はい?

クサレオメコになるんです。

……

カウンセラーがゆっくりとうなずきながらカウンセリング日誌に何か書き、アリシアがその内容を見ようとして首を伸ばすとすぐに、前に書いたことの上に何重にも丸をして見せないようにする。彼はカウンセリング日誌の上で両手をくっつけては離し、またくっつけながらアリシアを見る。コミが足の指にひっかけたスリッパを見おろしながらアリシアを見る。カウンセラーがさらに何か書き、顔を上げる。

そうですね……お話を聞くと、あなたはご両親にかなりの敵意を持っており、また、持たざるをえない状況であると判断できますね。しかしこのような場合、ご両親もまたそれぞれに負っている傷というものがあるんですね。お母さんやお父さんにも、あなたにはとうていわからない、隠された傷跡のようなものがあるのかもしれません。こうした傷を適切なときにちゃんと治療したり、ケアされることなく、関心も持ってもらえず、愛されるという経験も不足していたためにですね、保護を受けるべきときに受けられなかったという傷……辛さ……こうしたものが内部で腐って、すべての原因になっていることがあるんですね。そういうことはあなたのお話だけを聞いていてもわからず、親御さんの話も同時に聞いてみないといけないんですね。そのような経験を通して、ご両親にも自己の感情を浄化して自分のトラウマを客観的に見る機会ができ、あなた方も――こちらは弟さんですか？　違うんですか？　カウンセリングは本来、直系の家族以外は同席できないんですけどね……そうやってあなたもご両親の言動について、また違うふうに考えることが可能になります。何歳ですか？　おや、そんなになるの？　幼く見えるね……あなたは自分の家族について否定的に考えているわけですが、万事の根源は家族なんです。家族が崩壊すれば社会が崩壊し、社会が崩壊すれば国が亡びることにつながりますからね。ですからこのセンターの活動目的は、崩壊した家族を立て直すということで……もちろんたやすいことではありませんが、絶対に不可能なことでもないんですよ。あなたよりもひどいケースだったけど、少しずつがんばってついに克服した人たちもいますよ。そうなるためにはご両親とあなたの、またはお父さんとお母さんの間の粘り強い対話を通して……互いの傷を理解しようとする努力と忍耐が必要になるんですね。かんたんではないでしょうが、そうした過程を経て互いに、互いに互いの傷を理解して和解し……理解して和解し……そうすればあるとき、お母さんのことをクサレオメコなんて、ねえ？　そんな、ひどい言葉で言うとか……そのような過去の自分に対して距離をおいて考えてみることができるようになることもあるのです……

……

……

質問は何でしたっけ？　お母さんを殴ってもいいかどうか……違いますか？　強くなる方法？　勝ち続ける方法？　答えづらい質問ですね……第一に、私たちはクライアントに何をやれとかやるなとか、そういった行動面での指針をアドバイスすることはできないんですよね。私たちの役割はカウンセリングですから。こんどはご両親もいっしょにいらっしゃい、予約してね。あ、今日は特例なのでそのままカウンセリングに入りましたが、本来は必ず予約が必要なんですよ。電話で連絡してからいらっしゃい。ご両親といっしょにね。可能ならお二人いっしょに、だめならお母さんだけでも必ずいっしょに来てください。

とにかく、クサレオメコなんて言っちゃだめですよ。

アリシアとコミがエレベーターで建物の入り口に降りてくる。雨が降っている。すぐにやんでしまうだろうが、傘をささなかったらしっかり濡れてしまうぐらいの雨だ。アリシアとコミはひさしの端から流れ落ちる雨水を見ながら立ち、ぎょうざ屋に入る。ぎょうざを注文して、べたべたしたテーブルにひじをついて待つ。黙々とぎょうざを食べる。ぎょうざを蒸す湯気で店の窓は曇っている。傘をさした人たちが横断歩道を渡り、その中の一人が傘の外に手を差し出してみてから傘をたたむ。がっかりだ。今日の失敗は何のせいだろう。アリシアはたくあんを噛みながら考えて、言う。クソだな。はじめっからことばが通じない。聞く耳持ってない。理解できない。コミがうなずく。何かうまくいってないよな、カウンセリングって何だよ、えっらい苦労して来たのに……火、つけたろか。もう、火つけてやれ、クサレオメコめ。みんなクソ並みだ。

アリシアとコミはぎょうざを全部食べ、コモリに帰る。コミはくず屋の前でくず屋の主人に髪をひっつかまれる。婆ちゃんをちゃんと見てろって言わなかったか？　あの不良とつきあうなって言わなかったか？

じゃあなとも言えず庭へひっぱっていかれるコミを見ていたアリシアは、家へ帰る。足に大きな石があたるとそれを拾い、拳に一つ分集まると来た道を引き返す。集めた石を左手に持ち、右腕を冷静に振り上げ、くず屋に向かって石を投げる。五個めでガラスが割れ、くず屋の主人が家の中で叫ぶ。おお、この、クサレ、オメコヤロー。

アリシアが走る。走って走って、家に着き、父が家の前に出ているのを見る。いちょうの木の下に荷物を背負って立ち、家を見晴らすように見上げている。犬がケージの中で伏せをして老人を見つめている。アリシアが遠くからそのようすを眺める。コモリにも雨が降ったのか、地面が濡れている。雨水に濡れた庭は暗くてどろどろだ。ケージの匂いがしみついた風景だ。アリシアは老人のうしろ姿を見ながら想像する。理解して……和解して……家族相談センターの栗色の机の前に、彼と並んで老人が座っている姿を考えてみる。脚を組んで座り、片方の足を曲げてつかみ、うなずきながら老人は言うはずだ、人にはみな等しく価値があるということですな……わかるか？　生まれて育ってきた生命の中で……俺の人生を……理解し……和解し……それが家族だ、と言う彼を想像しながら遠くから見ている。

兄ちゃん。

……

兄ちゃん。

……

昼間どこ行ってた。

……

兄ちゃん。

……

クサレオメコ。

……

聞いたか。

……

ぼくクサレオメコって言ったよ、今。

……

兄ちゃん。

兄ちゃん、お話してあげようかと彼が言う。

コミ兄ちゃんが言ってたんだけど、ラジオには出力石っていう部品があるんだって。出力石の石って、石じゃないけど、石っていうんだって。それどうして出力石って言うと思う？

……

昔、人間は石に針をあててラジオ聞いてたんだって。

……

石。

……

ほんとの石。

……

昔は、すごいうるさかっただろうね。だろ?

……

針さえあればラジオを聞けたから、みんな聞きたいときに聞けるだろ? 学校行っても、家にいても、ウンコしてても、石に針あてれば、歌、歌、歌。

……

おもしろかっただろうね。

……

兄ちゃん、聞いてる?

……

兄ちゃん。

アリシアがお話をしてやろうか。

ここ、この街角で。

小さな村に関する夢の話だ。桃のお酒で有名な村ということにしておこう。アリシアはこの村の住民として生まれ、他の大勢の子どもたちといっしょに狭い部屋にとじこめられている。食べものも薬もない。薄暗い部屋で、高いところについた窓の方を見上げて立っている。動くと互いの体がくっつくこの部屋を脱出した子はみんなつかまって連れ戻される。こんどは同じ部屋ではなく、狭い部屋に別々にとじこめられる。アリシアは他の子がどうなったか聞くことができないし、他の子にもアリシアのようすがわからない。村で祭りが開かれている日のことだ。狭い、深い小川に沿って屋台が設置された。色とりどりのちょうちんがぶら下げられ、チョゴリを着た人が踊りながら村を練り歩く。お祭りがいちばん華やかになるその瞬間、死体が発見される。小さい足だけだ。お祭りは中断され、捜索がくり広げられ、殺人者が発見される。彼は縄で縛られて現れる。大勢の人々が彼を見に集まった。みんなが彼のとまどった表情を見る。彼はガタイがよくて肌が白い。小麦粉の生地でへたくそに作ったクッキーみたいな外見だ。クッキーマンはとまどった顔をして、あたりを見回す。警察が彼の言うとおりに屋台をピンと固定したロープをひっぱる。身体の一部を入れた小さい袋が小川から上がってくる。ロープ一本に一個ずつ。最後にいちばん大きいかたまりが水から上がってくる。袋を引き裂くと手足のない体が出てくる。アリシアはその体がだれだか知っている。死なないでほしかった、その体。アリシアがその名を呼ぼうとして口を開く。呼ぼうとして息を吸いこんだ瞬間、舌が消え、口がとじる。警察が殺人を犯した男に物差しを握らせ、体の長さを測れと命令する。彼は驚くべき集中力を発揮して体の長さを測る。頭からしっぽまでで三十五センチメートル！ クッキーマンは人差し指を立てて叫ぶ。アリシアはこれらのすべてを見守っているが、なぜ見守ることができるのだろう、いつどうやってあの部屋を抜け出したのだろう、いったい生き残りに成功したのかどうかも、何も、どうにも、わからないままで、この夢は中断されもせず、いったい、どう、終わるのだろう。

＊

畦道に犬が横たわっている。それは今や犬というより犬の痕跡だ。腐敗が進み、ふくらんだ腹にはあばら骨の形が露出し、平たくつぶれ、毛が抜けて皮膚が干からびてしまった頭には、黄色い頭蓋骨が現れている。ちょっと離れたところから見たらそれは、たまたま道ばたに落ちている、すり切れた一枚の革だ。

アリシアが石を投げる。

毎回投げるたび、もっと正確に、的確に命中させる練習をしている。アリシアの武器は常に身のまわりにある。わざわざ持って歩かなくてもいい、どこにでもある石ころだ。アリシアは必要なとき腰をかがめてそれを拾い、冷静に狙いを定め、ほとんどは命中させる。石を選ぶとき、大きすぎるのや重すぎるのは避ける。小さくて固いものほど良い。アリシアの石は軽く、小さく、宙を飛んで目標物に穴をあけたり、赤いすり傷を作ったりする。

人間の標的としては、弟のノートをなくさせた正義感ある少女が最初の目標だ。彼女はどこから飛んでくるのかわからない手痛い礫《つぶて》に肩を打たれ、うしろを振り向き、横を見、上を見るが、石が飛んできた方向はわからず、キーッとなってから怖くなり、泣いてしまう。

村の人たちも標的だ。兄弟そろって低能だと大っぴらに言いふらした隣人、うちの柿を黙って食べたと罵声を浴びせた隣人、あめを盗んだといって手首をねじりあげ、目をむいてにらんだ隣人。通り過ぎるふりをしてアリシアの家から出る音をこっそり聞いていた近所の奴らだ。アリシアはそいつらの果物やそいつらの品物にむかって石を投げる乱暴者になる。低能な奴から、低能だけではすまない乱暴な奴になる。低能ではすまず乱暴な奴というのは、いい。低能でもないのに乱暴な奴とか、無能な上に乱暴にもなれない奴よりはいいと、アリシアは思う。トゲのような人間になり、コモリを徘徊する。

我々は資産調査を拒否する。コモリの人々はそう書いた赤いカードを門に貼っている。色と形が標的にするのにちょうどいいので、アリシアはそれに石をぶつけながら歩き回る。ある日アリシアがもう何度もボコボコにしたカードに十何回めかの石を投げているとき、コモリの班長（「班」は行政区画の最下級単位。班長は町内会長の下にあたる）をやっている女が近づいてきて、言う。ちょっと、それにいたずらすんのやめなさい。落ちると困るんだよ。

家にお父さんお母さん、いる？　と彼女が言い、アリシアを先に立たせてケージの前を通り、玄関に入っていく。キャスターのついた旅行かばんを持っており、真冬にもかかわらず黒いひさしのついたサンバイザーをかぶっている。彼女はまずかばんを家に入れたあと、こんなふうにできたのねと言いながら居間を見回す。アリシアの母が居間にいる。コモリの班長が彼女に、連絡が来たかと聞く。アリシアの母がアリシアを見、アリシアがコモリの班長を見る。まだ来てないの？　ここんちも！　そうだと思ったわ、町内会長が最近、自分ちの補償問題で必死なもんだからと一気にしゃべると彼女は、かばんのファスナーを開け、白くて平たい包みを取り出して居間に置く。アリシアの母がそれを開けてみる。糸くずがあちこちについた女性用の白装束の喪服だ。三着だよと言って班長は水を一杯要求する。

お水一杯もらえるかしら。朝からこんなふうに村じゅう歩き回ってんだけど、連絡が来てない家ばっかりなのよ。これはねえ、区庁と市庁に殴りこみをかけるからね、あさっての朝よ、そのときに着るために持ってきたの。お宅も来なきゃだめよ。絶対かって？　何言ってんのよこの時期になって。お宅、補償金、要らないの？　いえね、さっき寄った家が、そこまでやるのかって上品ぶったこと言うんだけど、お宅もそうなの？　ひどいじゃない？　なんでそう自分勝手なのよ。お宅が抜けても困らないぐらい、コモリに人口があると思う？　私たちだけじゃないのよ隣の町からも来るんだよ、だって、ここに田んぼと畑を作るっていうんだもの、生態環境に優しい開発とかなんとか言ってさ。再開発でわざわざ田んぼや畑作るなんて！　だったらなんで、今あるちゃんとした田畑を掘っくり返すのさ。地価が下がるばっかりじゃないの。隣からも来るのに当事者の私たちが行かないでどうすんの？　補償金の額を引き上げるためにやってるんだから、お宅はもうこっちを信じて、言われた通りにしてちょうだい。いったいいくらになると思ってんの？　このへんにビルがずらーっと建つっていうのに、むこうの言い値の補償金だけもらって、出ていくの？　信じてよ、うちの伯父さんが不動産の仕事やってるから、こういうことはよく知ってるの。コモリは世帯数が少ないから、頑張ればこっちの希望額が通るかもしれないんだって。あっちだって、こっちの腹を読むつもりで値段を低くつけてるのよ。こういうことは引きのばすもんなのよ。まともな土地代や建物代を払ってほしかったら、一軒でも多く出てくれなきゃ困るの。心配しないで、私たちがやる通りにしてよ。なんか、私たちが町内会長のところみたいに常識はずれな額をふっかけようとして意地張ってるとか、むちゃくちゃ言われてるみたいだけど、そんなことないわよ。だってあの家はすごい欲の皮が張ってて……四年前に四階建てのヴィラを建てて兄弟ともども有名になったけどさ、現金は嫌、マンションも嫌だ、土地をくれって言ってんのよ。自分はマンションをもらうけど、残りの三世帯分はそれにあたる面積の土地をくれって言うの。一軒の面積に四軒建てて、三軒分の土地をよこせって、そんなのあり？　ありえないでしょ。でも、くれって言ってて、もらうらしいよ。目、ぎらぎらさせちゃって、人間としてあれでいいのかねえ。私みたいな人間はそういうの見て、ああまでしなくちゃいけないのかって思うわけよね。私たちは、常識的に見てもらえる分だけくださいってことで要求するんだから。あさっては絶対来てね。頑張らなくちゃ、女と子どもで。おっさんたちにはほかの大事な仕事させといて、こういうのは女子どもがやるべきなのよ。男が混じると無駄にうるさくなるし険悪になるわ。子どももこれ、着るんだよ。子どもこそ着なくちゃ。コモリには子どもが四人しかいないんだから、お宅が頑張ってくれなくちゃ。男の子だからって何さ、男だって女だってこれ着ちゃえばおんなじよ。あんた、明後日お母さんといっしょに来なさいよ。あんたがお母さんを案内してくるのよ。学校？　あんた、今、それどころじゃないのよ。

ばかばかしい。

そう言いながらもアリシアの母は喪服を居間に広げておく。翌々日の朝になると、彼女はさつまいもを切って食べながら、チョゴリのリボンをまさぐり、息子二人を居間に呼んで喪服を着せる。セーターとズボンを身につけた上にチマをはかせ、チョゴリを着せる。アリシアの弟が着るとチョゴリの袖とチマの裾が長すぎる。彼女は裁ちばさみを使って足首の丈でチマの裾を切り、袖は折って長さを調節する。着せ終わるとちょっと離れたところまであとずさりして眺め、けらけら笑う。さつまいもを何切れかのせた皿が彼女の足に触れて、部屋のすみまで滑っていく。おもしろいだろうよと彼女は言う。こんな格好する変な奴もいるって言うじゃない。え？　おもしろいよ。

あたしも見てみたいよ、それ。と彼女は言う。

タバコ屋の前にコモリの人々が集まる。喪服の上にジャンパーやコートを着た女たちが息を吐きながら出発を待っている。町内会長の四歳の孫娘がチョゴリのリボンをひらひらさせて、女たちの間を歩き回る。学校へ行ったのかコミはいなくて、ボタン工場の少年も姿が見えない。未成年者を除いて三十二人が集まった。アリシアは彼らの半分以上を知らない。見たことのない人たちだ。身近な未知の人々。細長く切った大きな防水布にペンキで字を書いた横断幕が準備されている。公共施設は建てずに田畑を作るなんて——組合員一同。不当な開発補償金断固拒否——住民一同。コモリの住民はどの地点から横断幕を広げるか、だれが持って歩くかをまじめに話し合う。アリシアの母が女たちの中で目を光らせて立っている。だれも彼女に言葉をかけたり、わざわざあいさつしたりしない。コモリの人の大部分は、微妙に彼女に背を向けて話をしている。彼女は近くとも遠くともいえない距離から状況を観察している。アリシアは彼らを観察する彼女を観察する。顔には青っぽいしみがいっぱいあり、吊り目で、口は小さくすぼめている。コモリの班長が、じゃあ行くよと叫ぶ。全員そろった。出るべき人は出そろった。来なかったろくでなしは家にでもひきこもってんだろうさ。さあ行くよという結論で横断幕を広げ、行進を始める。

アリシアが横断幕を支える棒を持ってうしろからついて歩く。

一列になって歩いている人々のうしろ頭を見ながら、いちばん後から列についていく。道行く歩行者や運転者の目につくように横断幕を持ち上げろと言われたので、そうやって路肩を歩く。曇っていて気温が低く、前に立った人たちの耳が凍えて赤くなっている。せっかく喪服を着ても、ジャンパーやコートを重ね着しているからちっとも雰囲気が出ないという意見が出たので、みんなジャンパーやコートを脱ぎ、チョゴリのリボンやチマの裾をはためかせて、だれかの言葉によれば本人の状態に合わせてユトリを持って（臨機応変というニュアンス。日本語由来）上着を着たり脱いだりしながら黙々と行進する。

アリシアが前に行ったとき見たのと同じように、区庁は暗く広々としている。順番を待っていた人々と公務員たちは、横断幕を持って現れた喪服集団をじっと見つめる。コモリの人たちは入り口でしばらくためらう。町内会長の背中におぶわれていた子どもがだだをこね、二枚の横断幕は広げることもたたむこともできないまま、床に広がっている。さて、どうする？

番号札を取ってください。

意見を言いに来たんじゃないのよ。抗議に来たんだ、面談じゃない。

喪服に黒い毛糸のマフラーを巻いた女が一歩踏み出して、区長は出てこいと叫ぶ。

請願警察（区庁の要請に応じて常駐している警察官）が横断幕を横目で見ながら近づいてくる。

皆さん、ここでこんなことしちゃいけません。

ここでやらないでどこでやれっていうんです。

何を言いたいかはわかりますが、ここでこういうことしちゃだめですよ。

だめかどうか、直接話してみなくちゃわかんないでしょ。

区長に会わせてよ。

うちの鑑定価格をこんなに低く見積もるなんて。

まともに鑑定してよ。

再開発で田んぼや畑作るなんてどういうこと。地価が下がるじゃないの！

商店街や病院を作るって言ってたじゃないの？　最初の計画となんでこんなに違うのさ？　田舎でもないのに田んぼや畑作ってどうすんのよ、夏に蚊が増えるだけでしょ。

ちゃんとやってよ、鑑定！

こんな開発事業やる人の顔が見たいよ。

区長！

わかったからもう帰ってください。

わかったたって、お宅が何を？　じゃあ西南の方の町とうちらとでなんでこんなに金額が違うのか、あんたが説明してよ。あっちには黄金でも埋まってて、うちらのとこにはクソでも埋まってるっていうの？　なんでうちらの土地や家屋ばっかりこんな値段なの。区長！

区民が死にかけてんのよ。

私たち、死んじゃうわよ、みんな。

みなさん、ここでずーっとこんなことやってたら逮捕されますよ。なんてこと言うの？　うちらが乞食だとでも？　うちらも区民なのになんで逮捕すんの？　なんで出ていけなんて言えるのさ。え、逮捕してみなさいよ。ここに寝てやる。寝てやるから、私が。あ、何すんのよ。私に触ったね？　触ったろ、今。

雪が降りそうだ。

すぐにではなくても、たぶん夜には降るはずだ。もの寂しく、不気味な空気だ。

兄ちゃん。

……

寒い。

……

走ろうか。

……

走ると寒くないよ。

アリシアが区庁の庭で花壇に座って、人々を眺めている。喪服を着た人たちは、押されて体をまっすぐにしていられないというように外へ出て庭に下りてくる。腹立ちまぎれの怒鳴り声で区庁の庭は騒然となる。白装束を着た人たちが階段を下りてきて庭に集まる。とつぜん沈黙が流れ、もう解散かというような気まずい雰囲気になる。コモリの班長が銀色のシートを広げる。横断幕も地面に広げ、皆、シートに座って休む。出入りする人がみなコモリの人たちを振り返る。

髪の毛、ほどこうか（髪をほどくというのは喪に服するという意味）。

何でそこまでやるの。

そこまでって。こうなったら何でもやるわ。

あたしは、くせ毛だから、やめとく。

ああ、なんか空気が辛い。

髪はほどいてもいいから上着は着よう。

区庁のロビーで泣きわめいていた子どもはもう区庁の庭で遊んでいる。服の裾やリボンがひらひらするのがおもしろいのか、自分の足を見おろしながら走り、区庁のロビーに上がる階段に向かって走っていき、上ってもいいか見きわめるように上の方を見ていたが、喪服の裾を踏みながら、五段の幅広い階段をふらふらと上っていく。アリシアの母が区庁のロビーに残って手招きする。アリシアは乱れたおかっぱの髪でおおわれた彼女の顔に気づく。彼女はもう喪服を脱いでいる。ガラス戸の中でしきりに手を振ってうなずき、アリシアを呼び、弟も連れてくるように指さしてみせる。ロビーに戻ると彼女がアリシアの弟を女子トイレに押しこみ、喪服を脱がす。アリシアの弟はぼんやりとされるままになっている。服から人をたたきだすようにして、やたらと揺さぶって脱がし、チョゴリの脇が破れると彼のほほをぴしゃりと打ちながらすっかり脱がせる。もう見るものはないみたいね。もっとおもしろいものが見られると思ってついてきたのに、このままいたら恥かかされるだけだ。彼女がそう言って喪服を丸め、ゴミ箱につっこみ、アリシアのほうを向く。アリシアの番になった。彼女が彼のえりをつかむ。アリシアがその手をつかむ。異常なものを見たように、彼女がアリシアを見る。

アリシアが彼女を見る。目の高さが彼女より少し下だ。まだ、下だ。彼女の脈が親指の下にある。手首は細くて冷たくて固い。人間の皮膚だが、人肌という感じがしない。彼女もそうなのかもしれないとアリシアは思いつく。同じように感じており、そしていつまでも同じではないだろう。アリシアにとって彼女は人ではない。人ではない何物か、いってみればクサレオメコ。彼女にとってもそうなのだと、そのときアリシアは悟る。彼女にとってアリシアは人ではない。人ではない何物かだ。いわばクサレオメコ。感じたり、反応したりするとは想像もできないもの。そうだとは想像したくないもの。彼女はすぐに顔をしかめて攻撃してくるはずだ。そのときアリシアは考えることになるはずだ。今俺の頭を叩いたあの手をへし折ってやったら、折れるだろうか——例えばそんなことを。小気味よく折れて、小気味よく痛いだろうか。痛いはずだ。もう俺に手を上げたくないと思うくらい、ハハハ、痛いはずだ。

そうしてやろうか。俺にそれができるということを今、思い知らせてやろうか。それをやるときが来るはずだ。今すぐではなくても、いつか、もうすぐ、逆転のときが来る。いつがいいか。明日?

明日?

明日?

そのときになったら思い知らせてやる、とアリシアは思う。

アリシアが思い知らせてやる。

勝つはずだ。

終わるときにならなければ、それは終わらない。

＊

君は、どこまで来ているだろうか。

アリシアの父が犬を煮ている。犬を煮る匂いは独特だ。他の動物を煮る匂いとは違うとアリシアは思う。雑食性の体を煮る匂い、毛の多い動物を煮る匂い、それは例えば人間の汗の匂いにも似ている。アリシアの父はいつも庭で犬を煮、彼が犬を煮るとその匂いが広がり、人々が犬を食べに来る。老人は今回もれんがを積んで作ったかまどに火を熾し、釜をかけた。彼は火をのぞきこむ。ケージの中に残った犬たちがそこの床に伏せをして彼を見ている。犬をつぶした水道ばたには血を洗い流した跡が残り、ふだんは釣り道具といっしょに倉庫に入れておき、今日のような日に特別に日の目を見る古いまな板、刃がのっぺりとすりへってしまった包丁、包丁を再生させるための砥石が洗い場の端に置いてある。犬を洗うときに水があふれた跡が、いろんな太さの溝になって庭から田んぼの方へ何本も刻まれており、いちょうの木の根元は新たに副産物を埋めた跡で土が盛り上がっている。

アリシアの父が満足している。希望通りの額で土地建物を引き渡せることになったという知らせを聞いて彼は喜ぶ。犬どもにも一匹あたり充分な値がついた。息子も娘も彼の手腕を見たら、親孝行してくれるはずだ。彼はみんなが自分のそばで暮らすことを願っている。そうなるはずだ。今日犬を食べても、肉は相当量残るはずだ。老人は残りを貯蔵しておいて、少しずつ取り出しては濃い味に煮つけて食べるはずだ。ほぼ一週間は、犬が彼の主食となり、副菜となるはずだ。雑味を押さえるために使ったエゴマの匂いが家のすみずみにまで漂い、アリシアはその中で眠り、また目覚めるはずだ。

コモリの方々から、人々が犬を食べに集まってきた。宴席のまん中に携帯コンロと鍋を置いて汁を温め、酒を飲む。話題は圧倒的に健康問題と補償問題、とくに補償問題であり、彼らのうちの一人が酒びんのふたを開けながら、ちょっと前に話したことをまた持ち出す。

聞いてくれよ。

何です。

息子に部屋を貸したんだよ。

ああ、またその話か。

まあ聞けよ、庭に倉庫があるんだ、俺が自分で壁紙貼ってオンドルも入れたんだ、そこを息子夫婦に貸したってわけだ、あいつらもコモリに五年住んだのに補償が出ないっていうからな、なのに間借り人が息子だと手続きもさせてくれないなんて、そんな話があるかい、俺が言いたいのは、子どもが店子《たなこ》じゃいけないのかってことだ、他人の家を借りて住むぐらいならいっそ親の家を借りて住む、そういうことだってあるだろう、それが何でだめなんだ、不当な話だよ、納得できるもんか、ありえんだろう、いや兄貴違うでしょ、何だとこいつ、そりゃだめですよ、何がだめだ、だってそれこそ補償目的だもの、いやね兄貴のとこの息子がコモリに五年居住って何なんですか、住所をこっちに移しただけで実際に住んだのは一年になるかならんかでしょ、それは俺も知ってるし兄貴本人も知ってることでしょ、なのにどうしてしょっちゅう悔しいとか言うのかね、おまえは黙っとれ、それはあんまりでしょ、だれに訊いたって同じですよ、まともな息子一家がどうして親の倉庫で暮らすんです、補償目的なのは見えすいてるじゃないですか、そうじゃありませんか皆さん、そうだよ息子に部屋を貸すのは明らかに補償目的だよ、何だい話を変な方へ持ってくじゃないか、じゃあ俺以外は違うのか、ここにいるみんなは補償目的じゃ全然ないってのか、明らかにって何だ明らかとは、おい何とか言え、おまえらは違うってのか、俺が補償目的でおまえらは補償目的じゃないのか、という流れで一瞬険悪になるが、わかったわかった、いいからもう一杯、ということでまた飲み食いが続き、夜はふける。

ケージの中に犬が三匹残っていると、アリシアの弟が言う。

おじさんたち、今、あずき食べてるの。

……

兄ちゃん、あずき食べてるの。

あずき食うもんか、犬だ。

あー、その子があずきなんよ。

……

大豆と麦はいるけど、あずきがいないんよ。

……

……

……

兄ちゃん。

お話一つしてやるよ。

……

ん？

少年がいた、とアリシアが言う。

少年の名前はアリス。

……

……

で？

え？

アリス少年がいて、それで。

アリス少年がいた。アリス少年はある村で暮らしてた。すごく有名な村だった。何で有名だったかっていうと……桃のお酒でってことにしとこう。アリス少年は桃のお酒で有名な村に住んでた……その村には木が一本あった。それがすごく、ものすごく大きい木だったんだ。どのくらい大きいかっていうと……木の下に立つだろ？　そうすると太陽が見えないんだ。昼間なのに太陽が見えない。太陽は東側の木の枝の方に昇って、沈むころには西側の枝の方に見える。月も同じだ。太陽も月もただ、昇るときと沈むときだけ見える。

アリス少年はその木の下で太陽が昇って沈むのを見ながら、待っていたんだ。

何を？

何かっていうと……何か違うことが起きるのを。夜と昼がひっくり返るのを。日が沈んで夜になり、太陽が昇って太陽が沈んでまた夜になって太陽が昇って……毎日あきあきしながら、待っていた。そしてある日、兎が一匹アリス少年の足元をひょいっと通り過ぎたとき……

兎？

うん。

兎なの？

ああ。

貝じゃない貝とか、そんなんじゃなくて、兎？

もうやめるか。

やだ。

……

続けてよ。

……

続けてよ兄ちゃん。

兎が……ひょいっと通り過ぎたとき、赤いチョッキを着て、懐中時計をのぞき見ながら、遅れる、遅れるって言いながらアリス少年の前を通り過ぎたとき、アリス少年は、あれだって叫んで兎について走った。兎を追いかけて走って走って、とうとう兎の穴に滑りこんで落ちはじめた。おまえ、兎の穴がどんだけ深いか知ってるか？　ほんとに深い穴なんだ。アリス少年は落ちていきながら、また待った。

何を？

底に着くのを。

何するために？

そりゃ、別のところに行くためさ。

ああ。

……

……

……

で、着いたの。

まだ。

まだ？

まだ落ちてて、今も落ちてるんだ。すごく暗くて長い穴の中を落ちながら、アリス少年が思うんだ、ぼくずいぶん前に兎一匹追っかけて穴に落ちたんだけど……どんなに落ちても底に着かないな……ぼく、ただ落ちている……落ちて、落ちて、落ちて……ずっと、ずっと……もう兎も見えないのにずっと……って考えながら落ちていくんだ。いつか底に着くだろう、そろそろ終わるだろうって思うんだけど終わらなくて、終わんないなあーって、一生けんめい考えながら落ちていったんだよ。

……

……

それからどうなるの。

何が？

アリス野郎はどうなるの。

＊

アリシアは夜中、ドアを叩く音を聞く。午後から風がよく吹いていた。はじめのうちはどっしりとした鈍いものが風に押されてドアにぶつかっているような音だったが、だんだんドアを激しく叩く音に変わった。アリシアの兄が、ばーんと開け放ったドアの外に立っている。夕暮れのコモリを背にして立った彼は赤くむくんだ顔でアリシアを見る。これはどういう動物だと問うような表情で一、二度まばたきし、玄関に入ると息を吐く。アルコールの匂いがする。アリシアが彼を最後に見たとき、彼は前の家の庭に立っていた。三、四年前の旧正月か仲秋のときだったはずだ。彼はあのときより太って不健康そうで、よろよろしている。とても酔っており、靴を脱ぐのもそこそこに居間に上がって座りこむ。厚い手のひらを床についたまま首を垂れていたが、貝のようなものをひざの前に吐瀉すると、はーっと息をつく。サルのようにうずくまって座り、父さん、と彼が言う。

電話すんのやめてくださいよ……

何なんです？

……

なんで、来い、来いってそんなにしょっちゅう言うんです父さん……ここへ来て暮らせとか、ここがおまえの家だとかって……ここがどうして俺の家なんだよ……補償のことが一件落着したら俺は俺の取り分をもらう、父さんは父さんの取り分をもらう……それでいいでしょ、そうじゃありませんか。何ですって？　何でそんなこと言うんだ。どうしてこれが全部父さんのものなんです。父さんの言う通り、この家建てる金だって援助したじゃないですか。俺だってちょっとは投資したでしょ。父さんの分、俺の分って、そんなふうにパシッとけりつけられたらいいよね……そんなふうに清算できたらどんなにいいか。あの程度ならいいですよ。だから俺に、ここがおまえの家だって押しつけるのやめてくださいい。俺も姉さんも、ここへ来て住む気はないんですから。俺たちより若い女……あんな女を母親なんて思えないしね……あのガキたちもさ……気味悪いんだよ……あいつら、人をやけにじろじろ見るしさ……ここがおまえの家だなんて言わないでください。しょっちゅう、しょっちゅう、そんなことをさ。父さんは父さんの人生を必死で生きてきたんでしょ、家も、家庭も欲しいだけ手に入れてさ。だからもういいじゃないですか……父さんは父さんの計画通りに生きていきゃいいんだ。それで満足してくださいよ。俺のことは放っといてください。父さんがいったい俺に何を望んでんだかわかりゃしないよ……落ちついてくださいよ、落ちつけってば……そんなこと言うなら俺も言いたいこと言うよ、俺がニュージーランドで勉強するって言ったとき父さん何て言った？　勉強したいから外国行くって言ったとき父さんは……助けてやらないよって……金の無駄だって……

……

そうだよ、結局、金の無駄だったんだ……俺はニュージーランドから……帰ってこないつもりだったんですよ。資格をとってシェフになればニュージーランド市民になれるからね。まずは資格が必要だったんだ。それで、資格が欲しけりゃ勉強しなくちゃならないし、勉強したけりゃ金が必要だろ？　だから俺、あっちに着いてすぐ……農場に入ったじゃないですか？　あのとき手紙出したでしょ。読みませんでした？　父さん読まなかったの？　読まなかったんだろうね、俺、英語で書いたもんな……クソ喰らえって……父さん英語わからないもんな……英語わかります、父さん？　ディスイズ・ソー・ファッキン……父さん聞いてる？　俺の言うこと聞いてるかい？

……

俺が農場でさ……朝の五時から午後二時まで働いて……その農場はね、父さんなんか想像もつかないぐらい広いんですよ。俺はそこでイチゴを収穫してたんだ。イチゴ摘むのはね、そこの仕事の中で二番めにたいへんな仕事だったんですよ。カボチャの収穫が一番でね。だってカボチャは重いじゃないですか……クソ重いよね……だからカボチャの収穫は人気がなかったんだよね。イチゴ摘みも骨が折れるんだよ。一日じゅうしゃがんでうずくまって摘むんだからね……めまいがするし疲れるし……疲れるけど……早く摘まないと他の人が摘んじゃって俺のバケツがいっぱいにならないからね……さっさと摘まなきゃいけないんですよ……

……

俺がイチゴを摘んで……摘んで……摘んで……休みもしないでイチゴをさ……畜生……

とにかく、摘んでたんだよ、ただただもう……

摘んで……摘んで……摘んで……ブルーベリーも摘んだしカボチャも収穫したし羊毛も刈ったし……二年間ずーっとバカみたいに働きましたよ俺は……農場から農場へ移りながら、ほんとに死ぬほど働いたんだよ。そうやって勉強を開始したんだ、父さんからの援助は一文ももらわずにね……学校に通って、調理師になろうとしてさ……ほんとに一生けんめい勉強したけど最初の試験に落ちちゃって……すごい難しい試験だからな……いいさ、つぎは頑張ろうって思って、ビザも延長してさ……そう思って健康診断を受けたら、それがもう……

もう……

Ｂ型肝炎の保菌者だって判明したんですよ……俺が……

これほんとにクサレオメコな話だよな……

調理師になりたいのに……料理するには味見しなくちゃいけないのに……いつどこで感染したかもわからないのに、血や唾に菌がうじゃうじゃいるっていうんだからね、ほんとにサイテーな気分だ……

どう思います、父さん……俺は、父さんからうつったんだと思うよ……相続するものがないから、そんなもん受け継いじゃったんだって……そうじゃないかい父さん？　聞いてるか？　ディド・ユー・ヒア・ミー？

聞いてるだろ？

よく聞いてください父さん……俺はね……とにかくこういうの全部……父さんから始まったことだと思ってる……俺の夢……俺にだってできそうだったのに……手に入りそうだったのに……全部飛んでっちまったじゃないか……それも全部あんたから始まったことなんだよ……だってあんた以外には考えられないからな……そんなことで俺の人生を左右するような人はあんた以外にいないもの……何ですか？　何？　大声で言ってよ……大きい

声で言ってくださいよもう……そうですね……そういうこともありえますね、なんでそう思わなかったのかねえ……どっか別のところで感染した可能性もある……絶対に父さんだっていう保証はないよね……だけどね父さん……わかるかい？　よりによってこんなことになる運の悪さってのがさ……ほんとに……そういうのが父さんから来てるってことなんだよ……

あんたと関わり合いになってたら、俺の運は悪いままなんだよ……

だからもう、やたらと電話してこないでくれ……しょっちゅう電話してきちゃ、いつ引越してくるのかとか訊くのやめてください……あんたは知らんだろうけど……俺がどんなに絶望したかをさ……あんた自身がどれだけ俺に挫折をプレゼントしてくれたかを……あんたにはわからないよな……一生、金貯めて、家建てて、若い女房ひっぱってきちゃ子作りに精出す、下男根性の抜けない男なんだから……気の毒にな……あんたにはわからんだろう。

＊

アリシアの父がテレビにむかって座っている。

彼は最近、ドラマにはまっている。彼が特に郷愁を感じている独裁政権時代の話で、美しい女優がおり、女優を愛している企画会社の社長がおり、政界に入ろうとしている男がいる。女優は悲恋のヒロインで、企画会社の社長は純情で、政界に入ろうとしている男は下司だ。政界と芸能界をまたにかけたストーリーで、あのころの実在の人物が実名で登場するそのドラマにチャンネルを合わせ、老人はテレビに対面して座っている。いつもは、聞いている人もいないのに、ドラマに出てくる実在の人物について、あれはほんとにこうだったとか、あの人はああだったとか当時はどうだったとか懐かしそうに説明するのだが、この日はことばがない。ドラマで展開されるスペクタクルの人物たちの人生を、かたくなに、停止したまま見ている。テレビから出る逆光で彼のうしろ姿は暗く、やせた首には少しも艶がない。

ドラマが終わっても彼はチャンネルを変えない。コマーシャルがいくつか続き、アデリーペンギンの繁殖とその生態を扱ったドキュメンタリーの番になる。ペンギンたちが砲弾のように海に潜っては出てくる光景をじっと見たあと、彼は台所へ行く。麦茶を一杯飲み、流し台に食器がたまっている、かたづいてないと不平を言い、年をとってやせた鳥のように家の中を歩き回り、あれこれ探り始める。二階の掃除をちゃんとしていない、二階も三階も換気をちゃんとしないから家の中がじめじめしていると、細いしゃがれ声で立て続けにぶつぶつ言い、食器を洗う。洗剤が台所用でなく多目的のものだと気づくと、口に入れる飯の器を今までこれで磨いてたのかと、あってはいけないことを発見でもしたみたいに大声を出す。だれも答えずにいると、彼が居間に出てきて両足をぱっと広げて仁王立ちになる。彼の後妻と二人の息子が息を殺して彼を見守る。静けさの中で彼は、飛びまわっている一匹の虫を追うような妙な軌跡を描いて空中に目を走らせていたが、寂しい、と叫ぶ。

ああ。

……

何なんだ！　こんなに、静かで！

アリシアとアリシアの弟が見つめる中、彼はパントマイムを演じる俳優のように蛍光灯の下で両手でゆっくりと髪をなで上げる。頭のてっぺんに残った髪を一つかみ握ったままでうつむき、立っていたが、しだいに肩が震えだす。この程度で寂しいわけがあるか。彼がそう言って台所に入っていき、何か探しまわっていると思うと手に何かを握って部屋に入り、鍵を閉める。

兄ちゃん。

兄ちゃん。

兄ちゃん、父ちゃんが包丁持って部屋に入った、とアリシアの弟がどもりながら言う。アリシアの母が鍵のかかったドアにすがりついて取り乱している。白い腕を垂らし、ドアノブにとりすがって悲鳴を上げている。彼女と、何とかしてよと袖をひっぱる弟のそばで、アリシアの胸は動悸する。老人はほんとうに包丁を持って部屋に立てこもったのかもしれないと思う。彼はそれで首か腹を刺すつもりなのかもしれない。ほんとうにそうするつもりなのかもしれない。鍵のかかったドアが開いたら、死んだ老人を見ることになるのかもしれない。違う。違う。ただ試しているだけかもしれない。外にいる俺らがどうするか、試してやろうと思っているんだ。そのためにドアに鍵をかけて閉じこもって、ドアの内側で耳をすまして、外のようすをじいっと聞いてるのかもしれない。そう思いながらも、母を押しやり、ドアノブをつかみ、揺さぶり、さらに強く揺さぶり、ドアを叩き、揺らし、蹴りつけ、打ちまくり、肩で押し、何の力でかカタンと鍵の装置が外れ、とうとうドアが開いたとき、アリシアはアリシアの父がこれ見よがしに立って腹を出し、缶切りの短い刃で腹を擦っているのを見る。

腹の左側に三本、短めの傷跡ができている。子猫を無理に捕まえようとしたときとか、切ったばかりの爪の角でひっかいたときにできる程度のもので、大して赤くない。シャツは床に放り出され、中に着たランニングを胸の上までまくり上げた姿で老人は弾力のない腹をむき出しにしている。彼はがたがた震えながらもう一度缶切りで腹をひっかき、ひっかいたところを手のひらで撫で、血がついているかどうか確認する。アリシアは部屋に飛びこんでいった母に押されて前後にのめり、愁嘆場を作りだそうとするみたいに老人の腕にしがみついて泣いている母と弟を放置して、家を出る。

夜だ。

完全にまっ黒けの夜だ。息を吐きながらアリシアが歩く。今夜は月が出ている。西の空高く、薄笑いを浮かべた口元のように、ただ月だけが浮かんでいる。スニーカーの底が冷たい地面を擦り、冷気で凍りついた布が触れ合って、一歩ずつクサレ、オメコ、クサレ、オメコと音を立てているようだ。

クサレ、オメコ、
クサレ、オメコ。
足早に、しかし息はゆっくり吐きながらアリシアは出て行く。父のことは心配ない。何ともないはずだ。へその上の傷跡は今日明日にも消えるはずだ。痛みもないはずだ。興奮が収まったら、缶切りの刃が錆びていたことが心配になり、気づいていない傷がないかどうか腹をよくよく確かめて、何度も手でさすってみるはずだ。破傷風が心配だから引き出しをいくつも探し、消炎剤または抗生剤の適当なものを選んで飲み、寝るはずだ。そのようにして今夜は過ぎ、明日も過ぎる。アリシアの父も母も無事に長生きし、天寿をまっとうするはずだ。
アリシアはまっ暗なくず屋の庭に立ち入るとすぐに、コミのばあさんを踏みつけてしまう。彼女が地面にうつ伏せになっている。座ったまま下半身が床にひきずられたように、ズボンが脱げて尻が半分くらい出ている。大きく開け放たれた玄関の明かりが地面に広がり、その中に彼女の汚れた裸足が見える。彼女の右の手首の下に、コミの秘密の引き出しで見た覚えがある布地がはさまっている。点々と散らばった布地や投げ出された鉄くずをまたいでアリシアは家の中へ入っていく。気のふれた機械人間みたいなものが無我夢中で部品を落とし、服を脱ぎながら通り過ぎていったみたいに見える跡をたどって、スニーカーをはいたままコミの部屋へ行く。くず屋の主人がコミののどもとを締め上げている。コミは彼の腕にぶらんとぶら下がったかっこうで足をばたつかせている。目の下の肌が裂け、黒っぽい血が固まっており、汗で髪の毛が頭皮に貼りついている。アリシアがくず屋の主人の背中に覆いかぶさる。彼は一度体をゆすっただけでアリシアを振り払う。床に投げ出されたアリシアは部屋を一回りしたあとくず屋の庭に出る。手あたりしだいに棒を一本ひっつかむとコミの部屋に戻り、ばかでかい背中めがけて一度、二度、振りおろし、彼を押し倒す。呻く彼の胸、脇腹、臀部に蹴りを入れ、拳でめった打ちにする。アリシアの暴力は一発一発が効果を上げ、成功し、相手を無力化する。ひとしきり殴って拳がじんじん痺れてくると、オレンジ色の炭酸に飲みこまれたように目の奥がびりびりする。犬野郎、とアリシアが言う。犬野郎。おまえらは、クソだ、ほんとの、クソだ。人差し指か中指かどこかで関節がぽきんと音をたてるが、アリシアは自分がふるっている物理的な力に陶酔していて、痛さを感じない。彼は突進し、さらに突進する。敗北は今や彼のものではない。

＊

犬が畦道にいる。月光を浴びて、ちょっとふくらんでいる。あばら骨の輪郭が見える。骨と骨のあいだ、皮がへこんだところは黒い影になっている。頭の形は残っており、耳もそのまま、ある。犬はそこでただ眠っているように見える。夜が明けて朝日が当たったら、単なるやせすぎの犬になって起きてくるのかもしれない。あばら骨を震わせ、土の中に埋まっていた脚を曲げ、伸ばし、頭を一振りしてから舌を出し、息を吐き出すのかもしれない。

だが、死んでいる。六か月前だったはずだ。一年か、もっと前だったか。いつ死んだかもわからないままそこで死んでいたその犬は、絶対になくならない。ミイラのようにかさかさに干からびてはまたふくらみ、四肢を持ち上げたりしながら、ずっとそこにいる。アリシアはその犬を見ると自分が見ているのが夢だとわかる。長いあいだ、同じ犬の夢を見ている。この犬は月のようだ。そこでふくらみまたしぼむ。呼吸する。月のように満ち欠けしながら。

アリシアが空き家にいる。他人の家にしのびこみ、夜が去るのを待つ。コミが隣にいる。冷たい壁にもたれて並んで座り、向かいの壁を見ている。壁紙がはがれてセメントが露出した壁に月光が広がる。一筋の稲妻のように壁に走った亀裂が見える。アリシアはそれを見ながらちょっと前のことを考える。棒きれを握っていた手がぴりぴりする。腫れているが、このくらいで痛いとはいえない。それとは別のことに彼は集中している。他人の体を殴るということ、その味に、力の余韻に、手首の骨が震え、肩がずっしり重くなった瞬間のことをくり返し考える。ばあちゃんが俺の部屋をあさったんだ、とコミは言う。隠しておいた洋服、全部ひっぱり出されて、それでばれたとつぶやく。

俺のこと、ヘンタイだってよ?

……

俺がヘンタイならおやじは何だ、詐欺師か?

……

そう言ったら、もう大発狂。

……

死んだかな。

……

おやじ、詐欺師なんだ。

……

目方ごまかすんだ、老人相手に。

……

二八〇グラムでも二三〇グラムでも二〇〇で計算すんだ。

……

一九〇を二〇〇にはしないくせにな。

……

ひどいのはよ、人、見るんだよな、だますとき。だまされやすそうな人とか、だまされてるのわかっててても他の店に行けない人だけ、だますんだよ。

……

でよ。

……

あの老人たちもおやじのこと、だますんだ。

……

笑えるだろ？

俺はくず屋は絶対やらない。グラム単位、十ウォン単位でごまかす老人とやりあう自信ないからな。がらくた積んだキャリー、歩行器代わりに押してよ、それがなかったら絶対歩けない年寄りが来て、ちょっとでも高く売ろうとして、目、こーんなに見開いてるとこ、想像してみ。おやじはそういう人たちのことも、この世のもんじゃないくらい上手にだますんだよ。どう言ったらいいんだあれ……

……

……

……

俺な、くず屋ってみんなそんなもんだと思ってたんだよ。けど、そうでもないんだ。

……

あるばあさんが、金、受け取りながら、むこうの店は親切だけどここは人を人間扱いしないねってぼやくからさ。それで俺、行ってみたんだ、ばあさんが言ってたその店に。おっさんとおばさんがやってんだその店。

……

親切なんだよな。

……

古物、持ってきた年寄りのこと、そちらさまって呼ぶしな。お疲れさまですとか言うし。お礼言うし……古物のことも大事に扱ってるみたいだった。

……

古物に値段つけるとき、乱暴に扱うと、それを見てる老人の顔がどんななんなるか知ってるか？　あの人たち、自分があんな顔してるって知らないだろうな。どんな顔かっていうとさ……ああ、うまく言えねえ……つまりさ……身ぐるみはがされた、みたいな感じ？　戦争のときとか——すごい長い戦争のときって人間があいう顔するんじゃないかな？

……

それでその店はさ、そういう感じだったんだ。親切な感じ……うちとあそこの決定的な違いだな。

……

もしな、俺、やるとしたら、ああいうふうにやる。

……

絶対、あんなふうに。
何を。
あの店みたいに。
くず屋、やるのか？
……あ。
……
……
……
死んだかな。
……
おやじ、死んだかな。

＊

夜が明ける前に家に帰りたいとコミが言う。彼は父親を心配する。大丈夫だろうか。出血してないか。くず屋の庭には電気がついている。コミは不安そうに家の方をじっと見たあと、父親が無事なら何度も腕を振り、無事でなかったら腕を振らずにただ窓ぎわに立つことにして、中へ入っていく。アリシアはくず屋の入り口で待つ。足で地面を擦りながら、ときどき顔を上げて窓を確認する。コミが窓ぎわに現れ、何度も腕を振る。一回、二回、三回。彼の父親は無事だ。一回、二回、三回。おやじは、無事だ。明かりを背にして立っているので表情が確認できないが、父親が無事でコミは喜んでいるようだ。アリシアも腕を振ってみせる。大丈夫だ。次に父親がまた殴ったら、俺が殴ってやるから。俺が殴って、もう殴らないようにしてやるから。そしてアリシアは家に帰っていく。遠くにアリシアの家が見える。ケージがあり、家もそのままだ。薄曇りの夜の中に黒く鮮明なかたまりとなって立っている。閉まっているかもと思ったが、玄関はかんたんに開く。家にいる人間はみんな眠っている。彼らの寝息が聞こえ、彼らの匂いがする。スニーカーを脱いで暗闇の中を手さぐりで部屋に入っていく。指がびりびりし、頭も痺れている。冷えきった体で床に寝る。夢も見ずにしばらく眠り、夜明けの静寂の中で目を覚ます。高い天井が目に入ってくる。もうすぐ夜が明けるはずだ。アリシアは腫れた指を胸にのせ、まばたきする。目を開ける直前、何か音が聞こえたと思う。

まぶたがぽんと開く音。骨端成長板が沸きかえる音。そんな音にも似た音。

のどが渇く。

アリシアが台所の床に残った跡を見る。

細かく震える蛍光灯の明かりの中に、黒っぽい赤色をした血が見える。足の親指と人差し指側に重心が乗った足の裏の形の血痕。居間の方へ点々と続いてから四方にめちゃくちゃに広がり、寝室のドアの前で長く引きずり、また居間の方へと、かすれて飛び飛びになり、消えていくというパターンをなしている。アリシアが寝室をのぞきこむ。並んだ四つの足の裏のうち、細い足の一つに包帯が巻いてあるのを確認する。アリシアの母が足を怪我したのだ。多分そうだ。彼女は眠っている。寝息が聞こえる。アリシアはドアから遠ざかり、部屋に戻る。夜は過ぎる。朝になれば太陽が昇り、昨夜の霜で濡れた外壁も乾くだろう。血は拭かれ、傷は癒え、すっかり大きくなった二匹の子犬といっしょにケージに残った犬は、昨日と同じようにケージの中を行ったり来たりするだろう。明日は昨日と似ているけれども昨日とは違う日だ。世界の一画が、少しひっくり返った。徐々に、もっと、ひっくり返るだろう。アリシアはもうそれを知っている。夜がすっかり過ぎてしまうのを待つつもりで横になるが、また起き上がる。部屋がおかしいと気づく。部屋がよそよそしい。一人だ。この部屋に自分一人だ。

弟がいないことに気づく。

あいつはどこにいる。

西側の壁に沿って螺旋形に上る狭い階段を通って、二階に上がる。ここは姉さんが使うことになっていた空間だ。姉さんはここに靴何足かとたんすと、結婚式の写真を持っていて置いていった。

あいつはどこにいる。

天井にたまった水のしずくをつぶして遊んでいたところにも、彼はいない。

アリシアが三階に上って水槽を見る。長男のものだ。水が半分以上減り、プラスチックの水草が水の外に露出している。母親の腹をたった今破って出てきたような稚魚を成魚から隔離するために使う孵化室が、水槽の端にかけてある。孵化室も水槽も空っぽだ。この水族館には魚がいない。水と貝殻と人工水草だけだ。孵化室の壁に稚魚がくっついたまま乾いた形跡がある。爪より短い脊索と、干からびた小さな尾びれの痕跡だ。透明な化石のように見える。アリシアは水草に手を触れ、孵化室の壁にくっついた尾びれを爪でひっかいてみる。ジーッという音を立てて酸素発生機が作動している。アリシアは浅い水面に向かってぶくぶくと立ち上る泡を眺める。

その夜、コモリには事件が一つ起きた。

数年かかった工事を一年前に終えて稼働中だった下水処理場に、問題が起きた。下請けに下請けが重なる形で増殖した工事の過程で、疑わしいまま幕引きとなった一隅からメタンガスが発生した。濃縮された下水から発生したメタンガスは、限界までバルブに溜まった末に爆発した。破裂したすきまから、本来なら貯水槽にたまるはずの下水が何時間にもわたって流出した。下水処理場の東の斜面に沿って溢れた下水と汚泥に近隣の道と塀がつかり、処理場に接している高速道路工事現場に流れこんだ。明け方のことだったし、週末でもあった。とうとうわからずじまいに終わった内部事情によって事態の収拾は遅れ、コモリ一帯は悪臭に満ちあふれた。この事件は人命被害や財産の損壊を伴わない事故として朝のニュースで短めに報道された。事故の原因はずさんな管理と手抜き工事だ。日が明けて流出は止まり、日付が変わらないうちに処理場も正常稼働に戻った。しかし数十トンの下水を吸いこんだコモリの土は、何日にもわたって匂いを放った。

アリシアの弟は、高速道路側に崩れるようにしてあふれ出た砂山の中で発見された。万能掘削機で下水に濡れた砂を掘りだしていた作業員が、彼を見つけた。黒い砂の外に突き出た腕を。

その夜、コモリではもう一つの事件が起きていた。

アリシアの母が釘を踏み抜いた。

よくある家庭内の事故だったが、長い釘だったので薬指から足の甲まで貫通した。出血を見た彼女は騒いだはずだ。クサレオメコになっても足りないくらい。アリシアの弟はその直前か直後に家を抜け出したはずだ。彼は先に家を出た兄を探そうとしたはずだ。アリシアにとっても彼にとっても行く先はわかりきっている。まずはくず屋に行ってみたはずだ。彼はそこで兄を見つけられなかった。そのころには気を取り直していたくず屋の主人にひどい目にあわされたかもしれない。彼には行くところがなかったはずだ。もしかしたら、家に戻ったが入れなくて、あたりをぐるぐる回っていたのかもしれない。一人で夜明かしするのが怖く、犬を一匹ひっぱり出しただろう。麦や、夜の散歩だよと。走ろうか、と言って犬を連れて走ったかもしれない。

母犬といっしょにケージの中に残った犬が大豆なのか、麦なのか、アリシアにはわからない。

あの夜以来帰ってきていない、死体も発見されていない犬が麦なのか大豆なのかが。

犬は、それとは関係なくケージを脱出したのかもしれない。

寒かったはずだ。

それで走ったのかもしれない。

ゆるやかに広がる家々を通り過ぎ、村の中心を通り過ぎ、下水処理場に通じる二本の太いパイプに沿って走っていって、処理場の近くの高速道路工事現場にさしかかったはずだ。三階建ての建物ほどの高さがある砂山がいくつもそそり立っているのを見たはずだ。夜間照明を浴びて斜面が何重にも重なっているその光景は、別世界のようだったはずだ。ピラミッドのようにそそり立った砂山を目指して彼は突進したはずだ。スピードをつけ、軽くて熱いものになり、一個の弾丸のようになって走って走って走ったはずだ。そのときはあの女のことも何も関係なくなっていたはずだ。上りやすそうな砂山に、やあーッ、と声をあげて全速力でかけ上がったが、反対側の斜面が思ったより深く、てっぺんから足を踏み出すや否や底にむかってころがっていったはずだ。砂にいきおいよくつっこんだとしたら、一瞬とはいえしばらく気を失ったかもしれない。目を開けたときには体が冷たかったはずだ。汗に濡れていた服が薄氷のように肌にはりついたはずだ。穴の中心で彼は四方の急な傾斜を見上げたはずだ。初めは、たいしたことないというように斜面を上ろうとしたはずだ。砂は彼の足元から彼の気配を吸収するようにふんわりと崩れただろう。二本足で上り、また四本足で這い上がっても流れ落ちる砂とともに、彼はずっと流れ落ちていったはずだ。当惑と寒さで動きがこわばり、こわばった体で動くともっと疲れたはずだ。彼は力尽きて、穴の中から夜を眺めただろう。穴の中よりも明るい夜にむかって何か一言二言、言ったかもしれない。

朝になって工事現場の人が戻ってくるまで待とうと思ったのかもしれない。眠ったかもしれない。下水と汚泥が音もなく砂山を崩しはじめたとき、彼ははっきりした意識の中で、または眠りの中で……だれが知るだろう。アリシアは知らない。永遠に知る手立てを失った。彼がその瞬間寒かったのか、苦しかったか苦しまなかったか、知っているのはただ彼一人で、アリシアにはもう、それを知る手立てがなくなった。

窒息死だった。粘り気のある砂が気道いっぱいに詰まっており、汚泥に埋まったあともしばらく、息をしようと努力したという結果が出た。砂の重さで、細い骨が複数箇所折れていることがわかり、そのほかに、事故のためとはとうてい思えないあざやひっかき傷が発見された。下水処理場事故のあと三日も経って見つかった、殴られた跡だらけの未成年者の遺体に、世間では噂や憶測がとびかった。彼はなぜそこにいたのか。彼の死体はなぜそこで発見されたのか。警察がアリシアの父の家に何度も出入りしたあと、彼がよく見ていたテレビ局の記者たちが来てコモリを撮影していった。アリシアはテレビ番組で近所の人たちのシルエットを見た。ぼかして撮影したり、顔をモザイク加工された彼らは用心深く言った。知らなかった……あの家とは距離があるから声は全然聞こえなかった……知っていたけどよその家の事情だから介入できなかった……子どもたちはちょっと育ちが遅いみたいで……あの程度の体罰は正直、父母としてはあってもいいことなんじゃないか……虐待なんて、この地域にそんなものはないよ……残酷な母性、常習的な暴力、家族の無関心、非情な隣人たち、我々の社会の断面、その他の評価と非難がアリシアの家を中心としてコモリ一帯に降り注いだが、にわか雨と同じくらい一瞬のことだ。そして静かになったころ、アリシアの姉と彼女の夫がアリシアの父を訪ねてきた。ぎこちない沈黙とぎこちない会話で時が過ぎ、最後の瞬間に事故の補償金について尋ね、まだ何か言いたげな顔で帰っていったから、彼らはそのうちまた来るはずだ。

アリシアの母はけもののように泣く。

毎日　毎日　毎日　毎日。

毎日。

彼女は食べず、ぼんやりし、急に身震いし、泣き、吐き、顔を床に押しつけてつっぷし、眠り、寝言で死人たちと会話し、起き上がり、よろめき、めちゃくちゃな歩き方をし、髪をひきむしり、自分の首と耳をかきむしり、幼児のように足を広げて座り、他者を圧倒して悲しむ。アリシアは口をつぐんで彼女を見守る。彼女の圧倒的な発声のそばでは、口をつぐむよりほかないのだ。驚くべきなのだろうか。彼女を見ながら考える。まったく驚くにあたらない。彼女は今、いちばん彼女らしい。

そして彼女は苦しそうに見える。この苦痛は偽物か。偽物といえるか。

アリシアは夜明けに家を出た。スニーカーをはいて階段を下りていき、庭に出た。ケージを一度見回し、家の前を過ぎ、古い路地を抜けてコモリを貫通した。夜明け前で、その時間のコモリは静かだった。くず屋の門は閉まっていた。あの夜以降くず屋は息子をどこかへやって、錆びた鉄の門に錠前と鎖をかけた。それでおしまいだった。アリシアはコモリの入り口から空き地にさしかかった。コモリと空き地一帯に新しく建つはずの大規模高層マンション団地の建築準備のために、路肩に遮断幕が設置されていた。アリシアは長い塀のように続く遮断幕を右手に見ながら歩いた。トラック、バス、乗用車が轟音をたててかたわらを通り過ぎていく。アリシアはそれらを見送り、そのあとを追って繁華街に到着した。電話ボックスを過ぎ、バス停を過ぎ、ピザのチェーン店と大型家電店のあいだの路地に入り、弟が名前を刻んだ礎石を見おろした。

彼はここまで一人で来たと言っていた。

その名前は、雨水とほこりにまみれて消し去られ、もうそこにない。

再び、外

ずっと前、道で会った人に木の話を聞かせてやったことがある。

巨木と、少年アリスについて。

アリス少年はその木の下で、日が沈み、月が昇るのを見守りながら待っていたのだと。

じっとその話を聞いていた男は、木の外に出たらいいじゃないかと言った。すべてはそいつが木の下に立つことにこだわっているからだろ？　木の外に出れば万事おしまいだ。

オーケイ？

そうなのか。

そうなのか、とアリシアは考えてみた。少年アリスが西の方へ向きを変え、ついに木の領域を抜け出す光景をだ。美しい夕日の下、あたたかい風が吹いている光景だ。振り向くと巨木が微風に静かに揺れている。少年アリスはとうとう木から離れ、木と関係ない場所で、木の形を落ち着いて見定めることができるようになる。

それはしかし、それはまるで、銀河みたいな答えだ。

横断歩道の信号が変わり、四方から四方へ人々が道を渡る。

アリシアはこの街にいる。多くの日を忘れたが、記憶していることは今も記憶したままでこの街にとどまり、街で眠り、食べ、飲む。固く、冷たい街の一隅にたどりつき、骨格はゆがみ、拾った服を適当に着、無感動な顔で通りをうろつく。彼はある日偶然ショーウィンドウに映った自分の姿を見て、女の服装をしていることに気づく。ショーウィンドウに映ったその顔はだれよりも、ずっと以前の彼の母親に似ている。やや傾いた骨格の上にぬっと出た小さな顔が。笑ってしまうほど似ている。彼は満面の笑みをたたえてその顔を見つめる。アリシアは、クサレオメコだ。

クサレオメコとして、この街に立っている。


犬たちはどうなったか。

マンションにはケージを置く場所などないはずだ。彼らはとっくに犬を殺したはずだ。犬たちは人間のクソと同じようなクソをするし、人間はそれに耐えられないから。もしかしたらもう食われ、どっちにしろもう死んだはずだ。稲穂が青々と揺れていた田も消え、いちょうの木も消えた。コモリはもう存在しない。そのことを語る人はもうおらず、そこで穴に埋まって死んだ男の子について話す人もいない。ずっと昔のことだ。だが君は、アリシアが歩く姿を目にするはずだ。ふいにアリシアの体臭をかぐはずだ。タバコを探そうとしてポケットをひっくり返すとき、落ちた小銭を拾おうとして腰をかがめるとき、さしていた傘をたたむとき、だれかの冗談に吹き出すとき、恋人の腕にやさしく手をかけるとき、雨を避けようとして軒下に駆けこむとき、さっき買った宝くじを財布に入れるとき、通り過ぎようとするバスに向かって走るときにふと、アリシアの体臭をかぐはずだ。君は顔をしかめる。不快な気分になる。アリシアはそんなふうに不快がる君がかわいい。君の無防備な粘膜にアリシアが貼りつく。アリシアはそれをするために存在している。他の理由はない。君が食べ、眠るこの街に、今アリシアもいる。君はそれを自然なことと言うだろうか。アリシアを、一時的な存在にすぎないと言うだろうか。アリシアの匂い、アリシアの服装、アリシアの軌跡のすべてを、いつか過ぎ去っていくものだと言うだろうか。やがて消えるものだと、アリシアも、その物語も、ついには他のすべてのものと同じように消えていくと、言うだろうか。

アリシアも君と同じくこの街のどこかで夢を見ている。

じゅうたん、ボール紙、発泡スチロールのトレイ、食べものを包んだ紙の束、いつでも捨てて立ち去れるように軽く作られたものたちが集まっているところで、あっという間に夢に落ちていく。コモリという穴に落ちていく。少年がいた、とアリシアが言う。少年の名はアリス。地面にも到達できず、兎の穴の中を、ひゅう、ひゅうといつまでも落ちている少年アリスの物語を語り続ける。
少年がいた、とアリシアが言う。
少年の名はアリス。

おい。

おい。
アリシアが彼の弟を「おい」と呼ぶ。君にその名前を教えてあげたいが、言えない。今まで努めてきたけれども、その名前を口にすることが、できなかった。

それよりも。

アリシアの失敗と敗北の記録だ。


君はどこにいる。

君の番だ。このことを記録するただ一人の人間である君。君は、どこまで来ているのか。

このことをどこまで聞いたか。

このことを記録したか。とうとうここまで聞いた、これらのことを。

アリシアが君を待っている。


君は正しい。

すべてのことは過ぎていく。


もう一度言う、君は正しい。

君と私の物語はいつか終わる。

しかし終わりはゆっくりと訪れ、君と私は苦痛を味わうだろう。

日本の読者の皆さんへ

ファン・ジョンウン

二〇〇九年一月二〇日、ソウルの再開発地区だった龍山《ヨンサン》で、撤去民（住まいや商店を取り壊された人）五人と警察官一人が火災で死亡するという事件がありました。警察が、民間の「追い立て屋」を積極的に活用してデモ現場を乱暴に鎮圧する中で起きた惨事でした。

この惨事の現場で生き残った撤去民たちの裁判過程を取材していたとき、よく理解できないことばをときどき聞きました。撤去民が追い立て屋の蛮行に抗議するため「組合」を訪ねていったが罵倒されて追い出されたとか、「組合」にあざ笑われたとかいった証言です。

再開発に関する知識をあまり持っていなかった私は、組合員も撤去民も同じ町で暮らしていた仲間ではないか、昨日まで一緒にいた隣人になぜそんなことをするのだろうと、不思議に思いました。

そして二〇一〇年ごろに、ソウル江西区で進行していた都市開発事業の過程で、「再開発組合」とは何か、組合を構成しているのは誰か、彼らが何をどのように欲望しているのかを多少なりとも目撃することができました。

組合員とは誰か。多くの場合はすでに持っている人たちであり、持っているもののおかげでさらに多くを持つ資格を手にした人たちです。組合構成員は何を欲望しているのか。当然、金です。

『野蛮なアリスさん』の空間的背景は、住民の大部分が組合員で構成された辺鄙な町です。『野蛮なアリスさん』の話者はこの町でくり広げられた「野蛮」の結果として、オナモミのような棘になり、都心に到達します。


しかし再開発地区の欲望や組合員の物語を書こうとしてこの小説を書いたのではありません。小説の中で幼い兄弟が置かれた苦境は、金銭的利益があるときだけは積極的に、図々しく、勇敢に振る舞う村人たち、つまり目撃者たちの黙認と放置にも責任があります。この小説の話者であるアリシアも根気づよくその様子を語りますが、物語の全体を通してアリシアがいちばん顧みているのは、自分自身の責任です。私は『野蛮なアリスさん』を、目を開けて見る悪夢という形を持つ〈哀悼〉と思って書きました。『野蛮なアリスさん』はとても小さな薄い本です。この短い物語を書きながらずっと、アリシアの弟の名前を書いてみようと努力したのですが、とうとう書くことができませんでした。文章に書くためには、まず口で言うことができなくてはなりません。ところが、口がくっついてしまったように、その名前を発音することすらできなかったのです。

小説の中の話者と小説の外の作家が、その名前を呼ぶことについてともども失敗したのです。こんな経験は、それ以前にも以後にもありませんでした。

私はこの本そのものが、「雨水と埃にまみれて」消し去られたその名前なのだと考えています。

誰であれ、この不幸な物語の最後のページまでついてきて下さったただ一人の人であるあなたに、どうぞこの物語が苦痛すぎないものであるようにと、願います。

二〇一八年一月　ファン・ジョンウン

（斎藤真理子＝訳）

訳者あとがき

斎藤真理子

一冊の悪夢

本書は、二〇一三年に文学トンネ社から出版されたファン・ジョンウン著『野蛮なアリスさん』の全訳である。訳出には初版を用いた。

韓国では今、三十〜四十代女性作家の活躍がめざましいといってよいが、ファン・ジョンウンはその先頭ランナーの一人だ。デビュー以来、特異なリリシズムをたたえた無駄のない文体で、韓国社会の切実な問題に斬り込みつづけ、常に次作が注目されている個性的な作家である。日本では今年一月に短編集『誰でもない』(拙訳、晶文社)が出たばかりで、本書は二冊目の紹介となる。

著者は一九七六年、ソウル生まれ。仁川大学仏文科に入学するが一年で退学、その後体調をくずして休養しているとき、作家のイ・スンウォンが主催するインターネット上の小説教室に参加して創作を学んだ。さまざまな仕事を経験した後、二〇〇五年に短編「マザー」が京郷新聞の新春文芸に当選して小説家デビュー。「マザー」は、生まれて間もなく母親に遺棄された青年が主人公で、本書につらなるものを持っている。今までに短編集が三冊、中・長編が三冊刊行され、二〇一〇年に長編『百の影』で韓国日報文学賞、二〇一二年に短編集『パ氏の入門』で中東曄《シンドンヨプ》文学賞、二〇一五年に『続けてみます』で大山文学賞、二〇一七年に中編「笑う男」で金裕貞《キムユジョン》文学賞など名だたる賞を受賞している。

著者が日本の読者へのメッセージで明言しているように、『野蛮なアリスさん』は一冊の悪夢である。悪夢を見ているのは、女装ホームレスのアリシア。今は存在しない町・コモリの夢を昼も夜も、目を開けているときも見続け、それを中継するかのように、「君」（読者）に向かって語り続ける。

この語りかけは強い喚起力を持ち、「暴力の心臓部をただ第三者としてのみ観察しようとする我々を、執拗に処断する」（ソウル新聞）といった感想を呼んできた。「この本には休息地がない……これを読んでから、見るまいとしてきた無数のアリシアがあまりにもはっきりと見えてきて苦痛を感じるほどだ」とブログに書いている読者もいた。だが本書は決して告発の書というだけではない。多様なイメージの重なりによって、被害者―加害者

――傍観者という図式を超え、読む者の頭脳をリセットするような特異な体験をもたらす。それは読書というには過酷かもしれないのだが。

なお、ファン・ジョンウンの作品の登場人物は韓国的ではない名前を持つことが多いが、本書の主人公はもちろん「不思議の国のアリス」を踏襲している。著者によれば、アリスではなくアリシアとしたのは「彼が何歳になっても少年であり続けているから」で、アリシアという名前にどこか少年らしさを感じるからとのこと。また、「さん」をつけたのも、永遠に大人にならず、どこにも所属しない者への呼称だからだそうだ。

重層的な暴力と欲望が渦巻く「コモリ」

「コモリ」は著者がつけた仮の名前だが、これにはかなり具体的なモデルがある。ソウル市の西のはずれにある江西区空港洞《コンハンドン》と麻谷洞《マゴクドン》一帯だ。著者はこの地域に住み、都市開発事業のようすを実際に目撃したという。

この一帯は朝鮮朝時代には「松亭里《ソンジョンニ》」と呼ばれた古い村だった。だが、「空港洞」という名称からもわかるように、一九七一年に近くにある金浦空港が民間機むけの国際空港となったことから高層ビルの建築が禁止されたため、都市開発の波に乗ることができず、ソウル最後といわれる広い空き地と農地が残された。アリシアの父は朝鮮戦争当時に単身、北から避難してコモリにたどりついたという設定になっている。富裕な家の作男として働き、その後は雑多な商いなどをしてがむしゃらに金を貯め、土地と家を買ったものと想像される。コモリの地価が安いためにそれができたのだろう。彼の最初の妻は二人の子を残して死に、若い後妻をもらってまた二人の子どもができたが、近隣の人たちはこの夫婦をうさんくさげに見ているし、前妻の子どもたちは後妻とその子を毛嫌いしている。

コモリは、取り残された近代と歪んだ現代が軒を接する結界のような土地だ。稲穂が揺れ、大樹がそびえ、古い路地が残る一方で、悪臭を放つ下水処理場や小規模な工場、物流倉庫などが点在する。「コモリ」は「古墓《コミヨ》」に通じ、常に子どものいけにえを要求してやまないような底知れなさを感じさせる。そして、疎外された村の疎外された人々が欲望を全開にして駆けずり回る。彼らがにらんでいるのは、自らのテリトリーの地価を上昇させるであろう再開発計画だ。従ってコモリで揺れる稲穂は、普通の農作物とは違う意味を持つかもしれない。土地を遊ばせておくより、耕作地にした方が再開発の際の補償金が増えるからである。15ページの「いちょうの木のむこうで育っている稲はだれが食べることになるのか」とは、そのことを示唆する。そんなワンダーランドで、アリシアと弟は殴られつづけている。

二人を取り巻く暴力は重層的だ。直接の加害者である母は、自分自身も暴力的な父とそれを見て見ぬふりする母の下で育ち、暴力を再生産している。父は妻の暴力を放置し、傷ついた魚を池に戻して自己満足し、一方では犬を殺す。犬を殺して食う父親という像は、韓国文学や映画でくり返し描かれてきた暴力イメージの典型でもある。そんな彼は少年時代に朝鮮戦争のさなかで、親戚が殺す側に回ったり殺されたりするのを目撃したし、避難の際には自分が叔母に見捨てられて死に瀕した。両親二人に限ってもこのように、被害、加害がからまりあった暴力の網の上で危なっかしく生き、子どもを育てている。アリシアの弟はノートを買ってもらえないが、それは貧しいからではなく、一種のネグレクトの結果だろう。

さらに同級生や教師たちのいじめと蔑視、近隣のよそよそしい視線と暴力への見て見ぬふり、異母姉兄との不和、餌をやって育てた犬の死、子どもを動員する金目当ての住民運動、役に立たないカウンセラーなどが彼らを取り巻く。こうした野蛮さの堆積のすえに、アリシアは暴力を振るう側に身をひるがえす。そして、初めて暴力を振るった日に、弟は死ぬ。

ぼく、ただ落ちている……落ちて、落ちて、落ちて……ずっと、ずっと……もう兎も見えないのにずっと……って考えながら落ちていくんだ。いつか底に着くだろう、そろそろ終わるだろうって思うんだけど終わらなくて、終わんないなあーって、一生けんめい考えながら落ちていったんだよ。(本書150ページ)

弟は死によって落下に終止符を打ち、アリシアは女装して都会の兎穴の中を、自責の念を反芻しながら落ち続ける。本書は「内」「外」「再び、外」という三部構成になっているが、これはアリシアと弟の閉じられた世界＝コモリが一度こじ開けられ、外部との接触を余儀なくされ、その後もアリシアが外部に露出したまま夢の中のコモリで生きるようになるという過程をなぞっているように思える。または、内に秘めたアリシアの暴力が一度外に出て、再びは戻れないことを示唆するようにも思える。

アリシアは罵倒する

ところで、大都会の女装ホームレスという人物像は、著者が二〇一二年に大阪を旅行したときに見かけたある人から強烈なインスピレーションを受けているという。「大阪を訪れたとき、阪神百貨店の地下道で女装したホームレスを見た。ミニスカートのスーツを着てストッキングをはき、足に合わないハイヒールをはいて辛そうに歩いていた。大勢の人が行き交う中、その人一人だけが坂道を登るようにして平地を歩いていた。人混みの中でほんの一瞬後ろ姿を見ただけだが、圧倒された。滞在期間に経験したことのうち、ただあの姿だけを覚えているといってもいいかもしれない。韓国に戻るや否や、あの後ろ姿が登場する短編を書こうと思ってすぐにとりかかった。第一稿を一気に書いたが、とても短編になるような話ではないと思った。そのまま中断していた物語を今、ようやく書く。失敗するに決まっているが、失敗できるときに失敗してみようと思っている。より良い失敗にしたいと思っている」（連載開始時のコメントより）。その後、ソウルでも一度異性装のホームレスを目撃したことはあるそうだが、本書のアリシアを生み出したのは、大阪を歩いていた、その人である。

　そしてアリシアは、「クサレオメコ」という言葉を頻発する。原文では、女性性器をさす名詞と「やる」という動詞が組み合わさった「씨발《シバル》」という、最強の罵倒語である。映画でヤクザなどが口にし、字幕では「畜生」などと訳されているのを見る。しかしこれは、シチュエーションによって違いはあるだろうが、畜生よりはずっと強い怒りと呪詛のニュアンスを持ち、日常会話ではおよそ使ってはいけない言葉だ。性的な単語を含むが、女性を貶めるというよりは、人と状況に対する呪詛の混じった罵倒語とでもいおうか。

　翻訳にあたり、「シバル」に匹敵する殺傷力、とくに母親が発音するときの狂気じみたニュアンスを持つ日本語の罵倒語がとうてい思いつかず、絶望すら感じた。江戸語や地方語など広く探してみたつもりだが、排泄物やお笑いの方向に滑っていくことが多く、ぴったりくるものがない。結局、当初暫定的に使っていた「クサレオメコ」をそのまま用いた。

本書でのこの言葉は、アリシア自身が「クサレオメコってしょっちゅう言ったり聞いたりしてると、クサレオメコになるんだぞ」と語るように、暴力とそれを生み出すもの全体を指しているといってよい。野蛮な母親自身もクサレオメコだし、彼女にそのようにさせたもの、また、アリシアが野蛮にさせられてしまうことのすべてがクサレオメコである。「母と子という圧倒的な関係と暴力の中で育ち、自分でも知らないうちに、最も嫌悪していたものにそっくりになってしまう。だからこの少年は女装するしかなかったのだ」というのが、ファン・ジョンウンの結論だ。彼が暴力の連鎖を断ち切れるのかどうかははっきりと触れられていないが、断ち切ろうとする意識が彼をここまで運んできたのだという解釈は十分に許容されるだろう。

なお、読者からの「非常にたくさん罵倒語を使う理由は何か」という質問に対し、著者は「罵るのは、罵るだけの理由があるから」と答えている。「罵倒語一つ出てこない物語の方が、『野蛮なアリスさん』よりもっと恐ろしい」とも。

大規模都市開発と庶民の欲望

この物語の背景には、都市開発と不動産投機熱という、韓国人の生活意識に深くくいこんだ重要な現象が横たわっている。これを知らなくとも本書を読む上で問題はないが、より深く理解していただくために、本書のあらすじにもとづいて補足する。

韓国では七〇年代にソウルの江南《カンナム》（漢江の南の地域）が政府・財界の肝入りで大規模開発されて以来、常に再開発が世間を騒がせている。ある歴史家はそれを「大韓民国はいつも工事中」と表現した。肝心な点は、再開発が常に、多くの国民が参加し、また参加したいと望む大規模なマネーゲームであったことだ。江南開発の際には、ただの原野や果樹園、農地だった土地の値段がみるみるうちに上昇し、二束三文でそこに土地を買った人は大金持ちになり、その富が子や孫の世代にまで引き継がれた。土地投機・不動産投機は、朝鮮朝時代以来ほぼ固定されていた身分社会において、強力な階級移動手段だったのである（もう一つの手段が海外移民だ）。現在は特に、七十〜八十年代に作られた大規模マンション団地が老朽化し、そこが高層マンションや各種設備、ショッピングモールなども備えたニュータウンに再開発されることが続いている。

韓国の都市開発の特徴は、開発規模が巨大で、しかも住民との合意形成にあまり時間をかけず急速に行われる点だ。ソウルに三十年近く住んだジャーナリストの伊東順子氏によれば、それは「根こそぎ、地形を変えてしまうほどの大開発で、ソウルでも釜山でも江原道の田舎でも同じ形、同じ間取りの高層集合住宅の街を作る。違うのは価格だけで、価格だけが個性になる」という。

再開発地域に指定されると、そこに土地建物を所有する人は、再開発後の新しいマンション（または他の地域のマンション）に優先的に入居する権利を受け取る。この入居権（分譲権）に、マンション竣工よりずっと前から高いプレミアがついて売買される。これのために人々が狂奔するのだ。ちなみに、二〇一六年に韓国全土で取引されたマンション入居権の総額は、それだけで五六兆ウォン（当時のレートで約五〇九〇億円）に達する。

マネーゲームは、行政が再開発計画を正式に発表するよりずっと前からスタートする。アリシアの父は、再開発本格始動の噂を聞いた時点で自宅を三階建てに建て替えることを決意する。そのために離れて暮らす前妻の子どもたちに建て替え費用の分担をねだり、また彼らと同居しているように偽装する。こうやって三世帯分の入居権を手に入れるのだ。前妻の子どもたちは父を嫌っているが、入居権が手に入るならと協力する。父の夢は三世帯が一緒にニュータウンに住むことだが、長男長女には最初からそんな気はない。

再開発地域には外界人も入ってくる。アリシアとコミを「ホモ」と罵る少年の親たちが良い例だ。彼らは公務員なので情報が一早く手に入る。そこで、当該地域に住所だけ移して何年か住み、入居権を手に入れたら、その価格が上がりきったところで転売する（韓国政府はこれを防ぐため二件目の住宅には税金を多くかけるなど規制を試みてきたが、あまりにも多くの人がこの手法で金儲けしているし、与野党の議員がともにやっていることなので追及するにも限度があるようだ）。

いよいよ正式に開発計画が発表されるとコモリには住民組合（著者のあとがきに詳しい）ができ、組合が中心となって補償交渉が進む。組合はより多い利益を求めて激しい抗議行動を行ったりもする。本書に出てくる喪服を着て行うデモは、実際にコンハン洞で見られたものだそうである。最終的に、アリシアの父は不動産及びそこに付随する財産（犬も含む）の鑑定を受け、三世帯分のマンション入居権を手に入れる。

実は入居権を手に入れても、それだけで新しいマンションに住めるわけではない。土地建物の所有者は住居移転費などの名目で現金も受け取るが、それだけでは到底タワマンは購入できず、何倍にも当たる金が必要になる。したがってそれだけの貯金を持たない人は、入居予定のマンションを担保として銀行から融資を受けるしかない。その負担もかなりのものだが、どうせマンションの価格が上がるという期待があるので、借金をしてでもマンションへの入居を選ぶ。

つけ加えるならば、韓国で不動産取引がかくも激化し、一般の人も参入しようとするのは、チョンセという韓国独特の賃貸形式のためでもある。この方式では、家を借りる人が最初にまとまった額の保証金を大家に預け、退去時に一括返金してもらう（大家はこれを運用して儲けを出すので、双方ウィンウィンとなる）。そのため大家にとっては動かせるお金がかなり巨額になる。それが投機熱に拍車をかけるのだ。

ここまでは土地建物を所有している人の話だ。一方で、土地建物を所有しない賃貸生活者の場合は深刻である。賃貸で住んでいる地域が再開発され、高層マンションが建つとなると、その高い賃貸料を払える見込みがない人はわずかな補償金を受け取って出ていくしかない。だが、開発規模が広いために近隣では安い住宅を見つけることができず、遠くまで引っ越さなければならない例も多いそうである。

著者によれば、どこもかしこも開発が進んだ昨今では、入居権を手にしたからといって大金持ちになる夢が実現することはぐっと減っているが、七〇～八〇年代の土地不動産バブルを目撃した世代はこの夢から逃れられないらしいということである。ともあれ、韓国の都市再開発、ひいては住宅事情そのものが、圧倒的に持てる人に有利であることは確かだ。持ち家のない世帯が四十四パーセントを占める一方で、収入の上位一パーセントの世帯は平均七軒の家を持っているとされる（二〇一六年現在）。このような二極化傾向は十年前にくらべてもさらに拍車がかかっている。住宅政策の誤りが根底にあるとしても、家を投機の手段と見る多くの人々の存在が長年、その原因の一つをなしてきたことは間違いない。

ソウルの人には故郷がない、と嘆く人もいる。急速な勢いで広い地域が再開発されてマンション群に変貌してしまい、子ども時代に遊んだ場所のおもかげがなくなってしまうからだ。とはいえもちろん、ニュータウンにも良い点が多々あるはずである。先にも引いた伊東順子氏によれば「氷点下十度以下になる地域で、オンドルのシステムを効率的に使うには一戸建ては不向きで、高級住宅を持っている人もそれは外国の大使館員などに貸して自分はマンションに住んでいる。昨今のタワーマンションは、スーパーやコンビニはもちろん、住民用の共同浴場やフィットネスまで備えており、介護サービスの提供・利用においても利便性が高く、高齢社会にも適応した環境」という。また、インターネットの普及が早かったのも、集合住宅が多いおかげだそうだ。そのような利点があるからこそニュータウン建設が続いてきたのだろうが、マネーゲームに参加できない人の選択肢があまりにも少ないことが問題なのだろう。

土地・不動産投機と都市再開発の問題は、韓国人の生活意識や人間関係に深い影響を及ぼしている。それは一方では、変化の激しい社会をがむしゃらに生き抜くパワーのあらわれでもあっただろうが、このゲームに乗れないと韓国ではお金持ちになれず、これに参加できない人や、親の世代ですでにゲームから締め出されてしまった若者たちには疎外感がある。また、当然誰もが成功できるわけではないから、成功した人への恨みが社会の底辺にたまっていく。韓国文学や映画には、背景にこの問題が広がっている例がよく見られるが、『野蛮なアリスさん』は真正面からそれを取り上げた作品といえる。

「こびと」から「アリス」へ

訳者は一昨年、『こびとが打ち上げた小さなボール』（チョ・セヒ著、河出書房新社）という一九七八年に出たベストセラー小説を翻訳した。七〇年代の軍政下で、開発によってスラム街を追い立てられた「こびと」一家の苦渋を描いたものである。テーマは限りなく深刻だが、チョ・セヒはそれを幻想をまじえた詩的な筆致で描き、共感を集める物語に作り上げた。その本と『野蛮なアリスさん』を並べてみるとき、貧しい人が再開発の恩恵から締め出される構造が基本的に同じであることに驚く。再開発を契機に、持てる者はさらに富み、持たざる者はさらに疎外されることになるのである。

さらに、『こびとが打ち上げた小さなボール』では家族がいたわりあって暴力に徒手空拳で立ち向かおうとしたが、三十年あまりが過ぎた「アリス」の一家では、家族の間には憎しみがあり、暴力の連鎖は断ち切られず、再開発は彼ら自身の欲望装置となっている。「こびと」から「アリス」に至る間に、人々はいっそう自分自身の欲望に翻弄されるようになったのではないか。そして、社会にしみついた野蛮さと暴力が家族の中の最も弱い存在に集中していくさまをファン・ジョンウンは見つめる。

著者のあとがきにもあるように、二〇〇九年にソウルの龍山《ヨンサン》で、再開発のために立ち退きを要求されていた人々がそれを拒否してビルに立てこもり、機動隊が投入され、混乱のさなかで火事が起きて住民五人と警官一人が死亡するという悲惨な事故が起きた（龍山事件または龍山惨事ともいわれる）。このとき立ち退きを要求されていたのは、零細な店を営々と営んできた小規模自営業者たちであった。彼らを蹴散らすために雇われた「追い立て屋」とは、韓国では「用役」と呼ばれる業務を請け負う会社である（映画『息もできない』〈ヤン・イクチュン監督〉で主人公が勤めている、借金の取り立てや屋台の強制立ち退きを請け負っている会社がまさにこれだ）。このような輩を雇って人々を立ち退かせる点も、「こびと」の時代と変わっていない。

『こびとが打ち上げた小さなボール』の著者チョ・セヒは、この本が出版後三十数年も売れ続け、百万部を超えるベストセラー・ロングセラーなのは韓国社会が本質的に何も変化していないからだという旨のことを述べ、「この悲しみの物語が読まれなくなることを願う」とも語った。訳者はこれまでにたびたび、「チョ・セヒ先生の立ち位置を引き継ぐ作家がいるとしたら、ファン・ジョンウンではないか」という意見を耳にしてきたが、本書に寄せられたメッセージの最後の一文を読んで、その思いを新たにした。著者は先述した龍山事件の裁判を欠かさず傍聴し、筆記ノートが九冊にも及んだという。これらがまた新たな作品につながることを期待したい。

アリシアが語る不思議な「ネ球」の物語、くり返される子殺しの夢、畦道で月のように満ち欠けする死んだ犬の幻想、父親を嫌悪しつつ離れられない親友コミ、銀河と「アリス」の兎穴。記憶と夢と、拾った紙くずから得た知識——それは広い世界への通路にもなりえたものだが——が錯綜して、悪夢の万華鏡がぐるぐると回転する。その全体が自責という淵に沈んでいる。この淵からアリシアは「君」に呼びかける。物語の最初と最後、そして中盤で一度ずつアリシアは「私」と名乗るのだが、朦朧とした悪夢が一瞬途切れ、真顔でこちらを直視する彼を皮膚で感じるようだ。

「暴力の世界に閉じこめられた人々は果たしてその外を想像することができるのか」。アリシアの苛烈な物語はそう問いかける。ファン・ジョンウンが指し示しているのは、誰かの悪夢が終わらないかぎり始まらない何かだ。それは韓国の読者のみならず、さまざまな形の暴力にさらされ、それを黙認しながら生きている我々とも無縁ではないだろう。

ファン・ジョンウンの初期の作品には、日常に幻想が介入して展開される物語が多かった。例えば、「帽子」という短編は、無力感を感じると帽子に変身してしまうお父さんと、それに困惑しながらも父を受け入れ、一緒に淡々と暮らす三人の子どもたちが主人公だ(拙訳、「文藝」二〇一六年秋号掲載)。その後の彼女は、一方では『アリス』のような、詩的な手法でグロテスクな現実を突きつける作品群を生み出すとともに、『百の影』(これもまた世運商街というソウル有数の電気商店街ビルの撤去問題が背景である)、『続けてみます』など、若者群像を生き生きと描き、読者に深く愛される作品も書いている。日本以上に厳しい格差社会の中を生き抜く人々を描きつづけたファン・ジョンウンの物語が、今後も日本に紹介されることを祈りたい。

最後に、度重なる質問に根気強く答えてくださったファン・ジョンウンさん、翻訳チェックとともに韓国の都市開発・不動産投機事情について多くを教えてくださった伊東順子さん、岸川秀実さん、多々のアドバイスをくださった黄民基さん、『こびとが打ち上げた小さなボール』に続いて編集を担当してくださった河出書房新社の竹花進さんに御礼申し上げる。

SAVAGE ALICE is published with the support
of the Literature Translation Institute of Korea (LTI Korea).

斎藤真理子（さいとう・まりこ）
1960年、新潟市生まれ。明治大学文学部史学地理学科考古学専攻卒業。80年より韓国語を学び、91～92年、韓国の延世大学語学堂へ留学。著書に、詩集『ひびき　はばたき　ふぶき』（90年、思潮社）。韓国語詩集『入国』（93年、韓国・民音社、2018年に春の日の本より再刊予定）。15年、パク・ミンギュ『カステラ』（ヒョン・ジェフンとの共訳、14年、クレイン）で第1回日本翻訳大賞受賞。他の訳書に、チョ・セヒ『こびとが打ち上げた小さなボール』（16年、小社）、パク・ミンギュ『ピンポン』（17年、白水社）、ハン・ガン『ギリシャ語の時間』（17年、晶文社）、ファン・ジョンウン『誰でもない』（18年、晶文社）などがある。

野蛮なアリスさん

2018年3月20日　初版印刷
2018年3月30日　初版発行

著　者　ファン・ジョンウン
訳　者　斎藤真理子
装幀者　木庭貴信（OCTAVE）
発行者　小野寺優
発行所　株式会社 河出書房新社
東京都渋谷区千駄ヶ谷2-32-2
電話（03）3404-1201［営業］（03）3404-8611［編集］
http://www.kawade.co.jp/
印刷所　株式会社亨有堂印刷所
製本所　小高製本工業株式会社

Printed in Japan
ISBN978-4-309-20740-7